개를 키웠다
그리고 고양이도

Měl jsem psa a kočku

카렐 차페크
김선형 옮김

개를 키웠다
그리고 고양이도

Měl jsem psa a kočku

차례

다센카의 생애 첫날

바구니 속 다센카

다센카와 엄마 아이리스

다센카와 빗자루

상자 속 다센카

다셴카와 여행 가방

창틀 위의 다셴카

하품하는 다센카

차페크 형제

민다, 개의 품종에 관하여

개를 기르기로 한다면 그 이유는 아마

1. 세속적인 허영심에서 또는
2. 집을 지키기 위해서
3. 외로움을 느끼지 않으려고
4. 개와 관련한 취미 활동을 위하여
5. 혹은 마지막으로, 남아도는 힘으로 개에게 군림하는 주군이 되고 싶어서일 겁니다.

나로 말하자면, 개를 데려온 주된 이유가 남아도는 힘이 었지요. 내 명령에 복종하는 생물이 이 세상에 하나쯤 있으면 좋겠다는 욕망이 있던 모양입니다. 짧게 말하자면 어느 날 아침, 한 남자가 빨갛고 텁수룩한 뭔가를 목줄로 질질 끌고 와서 우리 집 초인종을 눌렀습니다. 하지만 그 털북숭이는 우리 집 문을 죽어도 넘지 않겠다고 작정한 게 확실해 보였지요. 남자는 에어데일테리어라면서 까칠까칠하고 더러운 물체를 안아 들고 문지방을 넘더니 "자, 이제 잘 가라, 민다!"라고 말하더군요.(혈통 등록증을 보면 이 암캐에게는 좀 더 순종다운 이름이 있었지만, 알 수 없는 이유로 그냥 민다라고만 부르게 됐답니다.) 그러자 어디선가 긴 다리 네 개가 나타났고 그 물체가 믿을 수 없는 속도로 테이블 밑에 쑥 들어가더니 밑에서 겁에 질려 낑낑거리는 소리를 냈습니다. "훌륭한 품종입니다, 암요, 그렇고말고요!" 남자는 뭐라고 전문가적인 말을 늘어놓고는 우리 둘을 운명에 맡기고, 놀랄 만큼 민첩하게 퇴장했지요.

테이블 밑에 들어간 개를 꺼내는 법은 그 전에 깊이 생각해 본 적이 없는 일이에요. 보통은 마루에 쭈그리고 앉아서 동물과 지적이고 감정적인 논거를 들어 가며 설득하는 방식인 것 같더군요. 너그러운 목소리와 위압적인 목소리를 모두 동원해 봤지요. 민다에게 애원하다가 각설탕을 뇌물로 바치기도 했어요. 내가 한 마리 작은 개가 되어 민다를 밖으로 꼬드겨 보려는 시도도 했습니다. 그러나 모든 시도는 수포로 돌아갔고, 결국 나는 테이블 밑으로 엎어져 개 다리를 붙잡고 밝은 데로 녀석을 질질 끌고 나와야 했습니다. 개 입장에서 보면 야만적이고 예상치 못한 폭력이었겠지요. 민다는 모욕당한 아가씨처럼 수치심에 덜덜 떨다가, 처음으로 힘겹게 원망 섞인 울음을 뱉더군요.

하지만 민다가 내 침대를 차지하고 누워서는 우호적인 눈길로 나를 바라보아 준 것이 바로 그날 밤의 일입니다. '인간, 너는 내 침대 밑에 누워도 좋아. 너라면 뭐, 그래도 괜찮겠어!'

당연히 다음 날 아침 민다는 창밖으로 도망쳐 버렸지요. 천만다행으로 도로 공사를 하던 인부들이 붙잡아 데리고 왔지만 말입니다.

그리하여 지금 나는 자연의 부름에 응답해 민다를 목줄에 매어 데리고 나와서, 순수 혈통의 견종을 소유한다는 사실에 따라오는 세속적 허세를 몸소 체험하고 있습니다.

"이것 봐." 어느 어머니가 아이에게 말하는군요. "여기 강아지 있다!"

나는 살짝 기분 나쁜 내색을 하며 돌아봅니다. "저, 이 녀석은 그냥 강아지가 아니라 에어데일이에요."

하지만 특히 내 신경을 가장 긁는 부류는 이런 말을 하는 사람들입니다.

"잘생긴 그레이하운드를 키우시네요. 그런데 이 녀석은 왜 이렇게 털이 많습니까?"

민다는 어디든 마음 내키는 대로 제멋대로 나를 끌고 다닙니다. 힘도 엄청나게 세고 몹시 희한한 데 관심을 보이지요. 민다는 나를 질질 끌고서 교외에 산더미처럼 쌓인 쓰레기를 넘어 다닙니다. 그럴 때면 서글서글한 성격의 은퇴하신 신사 분들이 다리에 칭칭 목줄이 감겨 낑낑거리는 우리를 맞아 주지요.

"아니, 왜 개를 그렇게 세게 잡아당기는 거요?" 어르신들은 비난조로 따져 묻습니다.

"저는 그냥 운동시키는 중인데요." 나는 대답하기 무섭게 또 다른 쓰레기 더미로 끌려갑니다.

감시와 경호로 말하자면, 항간의 말이 다 맞습니다. 개를 들이는 이유는 잘 지켜보고 보호하기 위해서예요. 눈을 똑바로 뜨고 아주 잘 따라다니면서 한 발짝도 멀리 떨어지면 안 됩니다. 숙적과 도둑으로부터 개를 경호해야 하니까요. 개를 위협하는 사람이 있으면 몸을 던져 덮쳐야 합니다. 고대로부터 항상 자기 개를 지키고 보호하는 사람이 신중과 신의의 상징이었잖아요. 개를 기르기 시작한 후로 나는 잘 때도 반쯤 눈을 뜨고 선잠을 잡니다. 누가 민다를 훔쳐 가지나 않는지 지켜봐야 하니까요. 민다가 산책을 하고 싶다고 하면 나는 따라가지요. 민다가 자고 싶다고 하면 나는 앉아서 글을 쓰면서 아주 작은 소리라도 놓치지 않으려고 귀를 쫑긋 세웁니다. 낯선 개가 접근하면 등의 털을 곤두세우고 이를 드러내고 무시무시하게 울부짖어 쫓고요. 그러면 민다는 나를 돌아보며 꼬리를 살랑살랑 흔들며 아주 똑똑하게 말합니다. "인간, 당신이 나를 돌봐 주려고 여기 있다는 거 다 알아."

혼자 있는 게 싫어서 개를 입양한다는 생각도 상당 부분 진실입니다. 개는 정말로 혼자 있는 걸 싫어하거든요. 딱 한 번 민다를 복도에 혼자 둔 적이 있습니다. 민다는 항의의 표시로 눈에 띄는 걸 닥치는 대로 먹고 나중에 배탈을 앓더군요. 두 번째로 지하실에 가뒀던 적이 있는데, 민다는 문짝을 물어 뜯어 구멍을 냈어요. 난 그 후로 단 일 분도 민다를 혼자 둔 적이 없습니다.

내가 글을 쓰고 있으면 민다는 놀아 달라고 합니다. 내가 누우면 자기도 내 가슴 위에 누워 내 코를 물어도 된다는 뜻으로 받아들이고요. 정확히 밤 12시가 되면 민다와 신나는 놀이를 대대적으로 해야 하고, 시끄러운 소리를 내며 서로를 쫓고 물다가 마루를 굴러야 합니다. 숨이 차면 민다는 벌러덩 드러눕지요. 그러면 이제 나도 누워도 되는데 여기에는 물론 한 가

지 조건이 있어요. 민다가 향수병에 걸리지 않도록 침실 문을
활짝 열어 두어야 합니다.

이 지면을 빌려 경건하게 서약하지만 개 양육은 즐거움이
나 사치에 그치지 않습니다. 참되고 고결하고 숭고한 취미란
말입니다. 나도 그랬는데, 처음 개를 산책시키러 나갔다가 목
줄이 뚝 끊어지면 개를 키운다는 게 사실은 육상 스포츠임을
깨닫게 됩니다. 수천 미터의 장애물 경기와 단거리 달리기와
크로스컨트리 달리기, 제치기, 온갖 뜀뛰기, 그나마 개를 잡으
면 환상적인 피니시를 끊게 됩니다. 하지만 다음에는 역도 종
목이 기다리고 있습니다. 목줄도 없이 개를 품에 안고 집까지
데리고 가야 되기 때문입니다. 어떨 때는 민다가 최소한 50킬
로그램쯤 나가는 것 같고, 다리가 열여섯 개 달린 짐승처럼 느
껴질 때도 있습니다. 가슴 줄이 준비되면 그때부터는 줄을 당
기고 잡아채고, 왼손, 오른손 번갈아 잡다 심지어 양손으로 끄
는 연습을 하며 줄다리기를 하고 자갈 산을 오르내리며 등산
도 하고 종종걸음을 치다가 달음질을 하는데, 이런 경기들에
서는 폼이 아주 중요합니다. 이 모든 신체적 운동을 혼자서 하
는 척 연기마저 해야 하는 탓이지요.

개를 데리고 나가는 목적 혹은 핑계라면, 자연 욕구의 해
소를 들 수 있습니다. 민다는 특이하게, 천생 소녀다운 새침을
떨어 나를 놀라게 했지요. 신체적으로 견딜 수 있는 한 민다는
밖에서는 일을 보지 않습니다. 틀림없이 약점을 드러내기 부
끄러워하는 거예요. 영국 개답게 점잔을 좀 빼는 데가 있거든
요. 그리고 우리 인간들이 이런 자기 성격을 너무 몰라주는 바
람에 몹시 심기가 상했지요.

채 며칠도 못 되어 나는 개를 기르면 여러 다양한 목표를 달성할 수 있다는 걸 알았습니다. 그러나 단 한 가지 목표만은 이룰 수 없었지요. 나는 개의 왕이자 주군으로 군림하고 싶었지만 이제 보니 아무래도 내가 민다를 여왕님이자 주군으로 모시게 된 것 같아요. 가끔 속마음을 터놓고 설득해 보기도 하지만, 민다는 내가 쓰는 말 따위 귀담아들을 생각조차 없습니다. 마지막 참을성과 선의까지 끌어모아 네 녀석은 폭군이고 골칫거리며 변덕스럽고 고집 세고 말도 안 듣는 동물이라고 명확한 사실을 낱낱이 입증하고 있노라면, 민다가 대담하게 내 눈을 들여다보며 짜리몽땅한 꼬리를 흔들고 깔깔 웃는단 말입니다. 그런 귀여운 분홍색 까끌까끌한 주둥이로 소리없이 웃으며 털북숭이 머리를 쓰다듬어도 좋다고 내민단 말입니다.

'아니, 심지어 내 무릎에 네 앞발까지 올려 준단 말이냐? 이런, 이리 와라, 민다, 우리 못난이 개, 아빠가 이 기사만 마저 쓰게 해 주렴. 어디 보자…… 아니다, 뭐, 그럼 됐다, 민다야, 기사 따위야 다음에 마무리하면 되지.'

*

개라면 무조건 버릇이 있습니다.

1. 일반적인 개의 버릇
2. 그 개만의 특별한 버릇

일반적인 개의 버릇은, 이를테면 진짜 개라면 모두가 눕기 전에 세 번 돈다거나 머리를 쓰다듬어 주면 입술을 핥는다든가 하는 유입니다. 그러나 부탁인데 낯선 개한테 시험해 보지는 마세요. 특별한 고유의 버릇으로 말하자면, 닥스훈트, 보통은 발디라고 하는 다클이나 포메라니안, 테리어, 와이어헤어드테리어, 뭐, 여타 견종마다 다 다른 버릇이 있습니다. 내 에어데일 민다의 특별하고도 매혹적인 습관은 내가 소파에 눕자마자 뛰어 올라와서 앞발을 가슴에 얹고 내 눈이나 코를 핥으려 드는 것이지요. 그 자세로 내가 아무리 애원하고 소리를 질러도 꿈쩍도 하지 않습니다.

오랫동안 나는 민다가 왜 그러는지 이해할 수 없었고, 그런 버릇이 무슨 득이 있는지도 몰랐습니다. 그런데 어느 날 견종을 설명한 매뉴얼을 손에 넣었는데 거기 이런 대목이 있더군요.

에어데일, 워하운드(크리그스하운드)라고도 한다. 전쟁에서 부상자를 찾는 역할을 했다.

그 글 옆에는 민다, 아니 내 말은 그러니까, 에어데일이 비처럼 퍼붓는 총탄 속에서 부상당한 병사의 가슴에 앞발을 얹고 짖는 사진이 함께 실려 있었습니다. 그래서 민다가 내게 전장에서의 본능을 표현한다는 걸 알게 되었습니다. 근처에 부상병이 하나도 없으므로 엄중한 정치적 상황이나 극히 폭력적인 신문사 캠페인 따위는 아랑곳없이, 소파에서 신문을 읽는 내 가슴에 올라타는 것이지요.

'우리 귀여운 전사 개! 우리 앙증맞은 사마리아 개! 우리 중국이나 니카라과나 같이 가야 하지 않을까? 그래야 네가 진짜 부상병을 찾는 즐거움을 누릴 텐데! 아니면 내가 브르쇼비체[1]에 전쟁을 선포할까? 이제 참전용 견의 주인이 되었으니 무신론자들이나 하원과 상원 의원들이 다니는 클럽들과 전쟁을 벌여 볼까? 이 원수들아, 감히 날 갖고 놀 생각 마라! 내가 네놈들에게 무슨 짓이라도 할 테고, 네놈들이 포화 속 전장에 누워 갈기갈기 잘리면 내가 민다를 보내 네놈들을 찾아 앞발을 가슴에 얹힐 거다. 그래야 우리 민다가 타고난 본능을 따를 수 있으니까.'

이성이라는 지고의 힘을 타고났다 해도 생물이라면 저마다의 변덕과 편견이 있기 마련입니다. 아르네 노바크[2]는 무슨일이 있어도 맨손으로 전화기를 잡지 않는답니다. 페르디난트 페루트카[3]는 운율이라면 본능적으로 치를 떨며, 프란티세크 랑거는 신비주의를 혐오합니다. 접시를 긁는 나이프 소리를 못 견디는 사람도 있고 현대 음악에 진저리를 치는 사람도 있지요. 하스코바[4]는 힐라르[5]를 참아 줄 수 없고 또 다른 여자분은 온 세상을 준대도 소 근처에는 가기 싫다더군요. 민다는 모터바이크에 원초적이고 불가해한 공포를 느낍니다. 온

---

1   프라하 10구에 자리한 지역.
2   독일에 폐교당하기 전까지 브르노 대학의 총장으로 재직했다. 노바크는 폐교 일주일 후 세상을 떠났다.
3   저명한 체코의 저널리스트 겸 정치 평론가.
4   여성 저널리스트.
5   체코 국립 극장의 거물 연출가.

갖 다른 시끄러운 소리는 불쾌한 티를 내더라도 꾹 참는데 펑펑 터지는 모터바이크 엔진 소리에는 살아 움직이는 악마를 본 복사처럼 길길이 미쳐 날뛰어요. 우리 작은 개는 현대적인 가치관을 가진 개가 아니라서 빌어먹을 기계들에는 일말의 호감도 없습니다. 뼈도 살도 없고 먹을 수 있는 구석이 하나도 없는 지옥 같은 냄새를 풍기며 번개처럼 치달리는 발명품에는 도무지 예쁜 구석이 없나 보지요. 민다가 믿는 개들의 종교에서는 모터바이크가 사탄 역할입니다. 우리 모두의 영혼에는 피부나 살이 자라나지 않는 여린 부분이 있어요. 아프도록 떨고 있는 작고 노출된 약점, 그걸 우리는 세상으로부터 숨기고 싶어 하지요.

'그런데 민다야, 날마다 누군가가 혹은 무언가가 이 영원히 곪아 터지는 우리의 취약점을 건드리는구나. 날마다 모퉁이를 돌면 모터바이크가 집어삼킬 먹잇감을 찾아 질주하고 있어. 그러면 우리 당장 머리를 처박고 소파 밑에 기어들어 가자꾸나. 시커먼 그림자 속으로 들어가 눈을 꼭 감고, 온몸을 덜덜 떨면서, 그 짐승 같은 물건이 다 지나갈 때까지 기다리자꾸나.'

그러고 나서 아주 오랫동안 침묵이 흐르면, 보통 때처럼 펜이 종이 위에서 사각거리는 소리만 나면, 민다는 민망한 미소를 띠고 구석에서 나와 약점이 부끄럽다는 듯 꼬리를 살짝 흔듭니다. '내가 왜 그랬냐면…… 그냥…… 아니 아무것도 아니야, 인간. 내 머리를 쓰다듬어 줘.'

앉아, 민다, 그리고 잘 들어. 꼭 지켜야 할 계명이 세 가지 있어.

1. 명령에 복종하라.
2. 집과 계단에서 청결함을 유지하라.
3. 내가 먹이를 줄 때만 먹어라.

이 삼계명은 신으로부터 유래하며, 개들의 종족이 다른 벌판의 짐승들보다 높이 찬양받도록 특별히 하사하신 거야. 계명을 지키지 않는 개는 저주를 받을 것이며 소파가 하나도 없는 변두리의 암흑 속으로 추방될 것이며, 그곳에서는 하루 종일 모터바이크를 탄 악마들이 죄 많은 개들의 영혼을 쫓아 다니리라. 알았지?

사실 이 세 가지 대죄 말고도 소죄가 몇 가지 있는데 그 내용은 다음과 같습니다.

주인의 교정기를 찢어발기는 것
흙투성이 앞발로 주인의 몸에 뛰어오르는 것
주인이 글을 쓰고 있는데 짖는 것
바닥에 먹이를 흘리는 것
길거리로 뛰쳐나가는 것
침대를 넘어 고양이를 쫓는 것
주인의 접시에 코를 박고 킁킁거리는 것
카펫을 찢는 것
온갖 물건을 쓰러뜨리는 것
집 안에 오래된 뼈를 물고 들어오는 것

주인의 코를 핥는 것

화단을 파는 것

주인의 양말을 가지고 도망가는 것

이러한 법과 강령을 지키는 개는 특별한 품격을 갖게 되며 큰 존경을 받게 됩니다. 대개 이러한 개들은 학장이나 은행지배인처럼 풍채 좋으며, 방탕한 환락과 헛된 노력, 야망과 무절제로 재물을 탕진하는 사람들의 앙상하고 초췌한 몰골과는 거리가 멀다죠.

*

다만 개들을 위한 불문율이 한 가지 있으니 이는 바로……너의 주인을 사랑하라는 계명입니다. 오타카르 브레지나[6]처럼 대단히 위대하신 사상가들은 개의 헌신을 저급하고 비굴한 성격의 표징이라고 보는데요. 하지만 나는 이에 반박해 참된 개의 성격처럼 기쁨과 열의에 찬 것을 어떻게 비굴하다고 볼 수 있는가 따지고자 합니다. 노예를 부려 본 적은 없지만, 노예는 억제되고 차분한 걸음걸이에 성격도 절제되고 아무튼 뭐, 그래야 한다고 생각되지 않습니까. 주인을 보고 기쁨의 환호성을 내지르거나 손을 깨물거나 와락 껴안거나 덮치거나, 편집부 사무실이나 뭐, 그런저런 데 어디에서든 주인이 돌아왔다고 주체할 수 없는 정열과 열광적인 기쁨을 표할 리도 없고요. 동물을 통틀어, 아니 인간까지 통틀어, 개만큼 기쁨과

6 체코슬로바키아의 상징주의 시인이자 수필가.

슬픔을 느끼는 특별한 힘을 지닌 생물은 없습니다. 이를테면 수습사원이 부서장의 목을 껴안고 달려든다거나 주교가 한마디 말씀을 건넸다고 교구 목사가 마룻바닥에 누워 허공에 다리를 치켜들고 기쁨에 온몸을 뒤튼다거나 이런 일은 상상도 할 수 없잖아요. 인간은 주인과 비굴하고 우울한 관계를 맺지만 개는 열정적이고도 무모한 사랑의 관계를 누리는 법입니다. 개 무리의 오랜 기상이 남아 동료애의 본능이 생생하게 살아 있는지도 모르겠군요. 개는 표정으로 말합니다. '인간, 나한테는 당신밖에 없어. 하지만 봐, 우리 둘 꽤 괜찮은 패거리 아니야?'

*

경멸, 그렇군요, 그 단어가 딱입니다. 고양이는 적의가 아니라 거만한 경멸을 담고 개라는 시끄럽고 상당히 천박한 생물을 내려다보지요. 고양이는 도도하고 아이러니한 우월감을 풍기며 개를 다룹니다. 패거리의 정신보다 우월한 고독한 존재로서. 이 덩치 크고 헝클어진 털투성이 시끌벅적한 짐승은 혼자 두면 아이 같고, 주인이 오라고 부르면 기쁨으로 온몸이 쩍 갈라질 정도로 난리를 치니까요.

'유약하기 짝이 없는 것.' 하고 고양이는 눈썹을 쓱 추켜올리며 생각합니다. '이 몸으로 말하자면 말이야, 혼자서도 충분히 잘 살아, 하고 싶은 대로 하고. 특히 감정을 그리 쉽게 드러내지 않지, 예의범절에 어긋난다고.'

그리고 일어서서 벨벳처럼 부드러운 앞발로 한두 번 민다의 반짝이는 촉촉한 코를 톡톡 두드리는 겁니다.

아직도 강아지나 다름없기에 민다는 고무처럼 탄성이 있는 제 척추와 쭉 늘어나는 앞발을 어떻게 가눌지 모릅니다. 가끔 이 남아도는 유연성 탓에 동작이 서툴러지면, 소녀처럼 부끄럼을 타지요. 그러나 가끔 순간적으로(특히 달빛이 비치는 밤에, 이웃의 애드스터가 울타리 너머로 민다를 보고 있을 때) 움직임의 짜릿한 쾌감에 사로잡힐 때가 있습니다. 그럴 때 민다는 껑충 뛰고, 홱 돌고, 신이 나서 뛰어다니고, 빙글빙글 돌고, 머리를 하늘로 치켜들고, 어떤 황홀한 리듬에 취해서는 흥분해 어쩔 줄 모른답니다. 흡사 달크로즈[7] 리듬 체조 교육법이나 요정들의 마술 같아요. 민다가 춤을 춘단 말입니다.

*

반려견을 키우는 사람은 정원사, 행정가, 가장, 뭐, 그런 사람들처럼 미래를 생각해야만 합니다. 작은 개를 키우기 시작할 때 나는 미래를 명확하게 그리고 있었습니다. 제일 먼저 모든 친구와 지인들에게 훌륭한 혈통의 에어데일 강아지를 원하느냐고 물어보았지요. 그러자 대번 열네 명 정도가 흠 없는 혈통의 털북숭이 강아지가 필요하다면서 당장 와서 데려

---

7 에밀 자크 달크로즈(Emile Jacques Dalcroze, 1865~1950). 스위스의 작곡가이며 음악 교육가. 음악적 리듬의 경과를 신체 운동에 적용하는 방법을 추구하는 과정에서 리듬 체조를 창안했다.

가겠다고 하더군요. 그래서 우리 개가 성견이 되려면 일 년이 필요하다고 말했더니, 친구들은 나를 비웃으며 일 년 후라는 건 안 주겠다는 얘기나 마찬가지라고 했습니다.

그래서 다음에는 앞으로 우리 강아지들의 아버지가 될 견실하고 지적인 혈통견을 우리 구에서 찾기 시작했습니다. 잘생긴 에어데일 네 마리를 찾아낸 나는 그들의 신뢰를 얻으려 애썼지요. 한편으로 교잡이나 혈족 교미의 문제 같은 걸 짤막하게나마 공부했습니다. 그러나 과학적인 문제인지라 전문가들의 의견이 모두 갈렸고 심지어 상충되는 입장들도 있었습니다. 그래서 전문가적 유성 생식의 논쟁적 문제들은 모조리 피하고 그냥 일 년 후 민다를 저기 저 노란 빌라에 사는 에어데일과 이어 주기로 마음을 먹었지요. 인사할 때마다 그 녀석이 어찌나 싹싹하고도 명랑하게 혀를 내밀었는지요. 내가 이런 상념에 깊이 빠져 있을 때 민다는 장래에 어미가 되는 고민 따위는 안중에 없이 벅벅 긁으며 벼룩을 쫓고 하품을 하고 꼬리를 흔들어 댔습니다.

제대로 된 유성 생식은 개의 번식에서 가장 흥미로운 부분입니다. 여기에 대해서는 상세하고 학식이 넘치는 책들이 산더미처럼 쌓여 있고, 혹시라도 이론적인 준비를 원하는 마음만 있다면 어느새 우생학이라는 신비스럽고 위대한 세계의 문턱에 들어서게 됩니다. 우리가 자연의 궤도를 좌우하고 고명한 위업을 달성하라고 명령하면 왜 안 된단 말인가요? 슈퍼도그의 탄생을 예비해서는 안 될 이유가 있습니까? 언젠가 인간의 번식에 적용할 수 있는 귀중한 경험을 얻을 수도 있지 않습니까. 아무튼 인류의 나은 미래에 대한 자신감의 결여는 우리 머리에 질책이 되어 떨어집니다. '뭐, 그렇다면야, 기억해

라, 민다, 너는 위대한 운명을 타고났단다.'

좋습니다, 자. 만일 여러분이 혈통견의 번식을 책임지게 되었다면, 적당한 종의 암캐가 있다면, 제일 먼저 그 개가 멋대로 길거리를 뛰어다니지 못하게 잘 살피세요. 나처럼 신중하게 보호하면서도 목줄 없이 자유롭게 풀어 놓지 말고 식단을 가볍게 관리하고 자기 머리에 박힌 눈처럼 잘 감시하세요. 그러면 됩니다. 산책할 때면 만나는 개들이 모조리 들러붙어 추파를 던질 겁니다. 가끔은 아예 줄줄이 행진하듯 따라오기도 할 테고요. 그러면 지팡이를 휘두르며 윽박질러서 꼬이는 개들을 쫓아내세요. 그사이 여러분의 개는 착한 딸답게 고개를 돌려 개들한테 눈길을 주지도 않고 당신 곁을 천진하고 다정하게 지킬 겁니다.

'저리 가, 이 늙다리 양아치! 한심한 폭스테리어 녀석, 저리 가라고! 내 눈앞에서 꺼져, 이 시니컬한 울프하운드! 썩 물러가지 못해, 부실한 다리에 덜덜 떠는 래터 같으니라고! 가버려, 털 빨간 개야! 얼쩡대지 말라고, 뻔뻔스러운 자식! 민다, 저 녀석들은 부끄러움을 모르는 짐승들이야, 그렇지 않니? 잘 들어, 울타리 너머에서 혀를 빼무는 잘생긴 에어데일 이야기를 들려줄 테니까. 그 녀석은 신처럼 헝클어진 털에 태양 같은 당근색이란다. 등은 까마귀처럼 까맣지. 그리고 녀석의 눈은 말이야, 그 눈은 꼭 가시자두 같단다. 저주받을 개떼들 같으니! 썩 물러가라, 이 늙은 양아치! 민다야, 나는 네가 자존감을 가졌으면 좋겠다. 저런 철부지들을 무시하는 게 옳아. 있잖아, 너는 아직 너무 어리잖니. 게다가 이 길거리의 부랑자들은 전혀 너와 어울리지 않아. 집에 가는 게 좋겠다.

그래, 그럼 넌 뭘 하고 싶니? 머리를 토닥거려 줄까? 등을 쓰다듬어 줄까? 밖에 나갈까? 뭐라고, 먹고 싶다고? 경고하지만 민다야, 넌 너무 많이 먹어. 벌써 등이 이렇게 넓적해졌잖니. 게다가 허리도 사라지고 있어. 어이, 거기 우리 집안 식구들, 우리 불쌍한 꼬마 개한테 그렇게 먹이를 많이 주지 말아요! 몸매 망가지는 거 안 보여요? 아니, 쏙 들어간 골반이며 올라붙은 배며 날씬하고 탄탄한 등은 어디로 갔지? 저런, 민다, 지지! 그렇게 게으르게 뒹굴기만 하니까 이렇게 되잖니. 가, 정원으로 나가서 춤을 추고 태슬 같은 네 꼬리나 잡으려고 뛰어다니고, 더 좀 움직이라고, 운동을 해!

"자, 들어봐요." 세상만사 모르는 게 없는 척척박사라 자부하는 남자가 내게 이런 말을 합니다. "그쪽 개가 곧 새끼를 낳을 거예요. 땅에 질질 끌리다시피 하는 배를 좀 봐요."

"절대 아닙니다." 나는 항의했지요. "그저 살이 쪄서 그런 거예요. 우리 개가 얼마나 많이 먹는지 모르셔서 하시는 말씀이에요. 온종일 소파에서 뒹굴거린다고요."

"음." 그 남자가 말하더군요. "그럼 젖꼭지는 왜 저럴까요?"

나는 그 남자를 비웃었습니다. 터무니없는 얘기였으니까. 정원에서 몇 분을 제외하면 민다를 혼자 둔 적 없었거든요. 심지어 그때도 철두철미하게 감시하고 있었는데.

"내 말 좀 들어 봐, 너는 뚱뚱해지면 안 돼. 천식도 생기고 기분도 우울해진단 말이야. 오늘부터 네 먹이는 계량해서 줄 거야."

하지만 그로부터 얼마 되지 않아 이웃이 내게 말했습니다. "내 눈으로 똑똑히 봤다니까요, 아주 가까운 집에서 키우는 순혈 스테이블테리어였어요."

죽는 날까지 나는 언제 어떻게 일어난 일인지 이해하지 못할 겁니다. 그러나 사실이 그러할진대 고개를 숙일 수밖에요.

"이 당돌하고 겁 없는 것 같으니, 그럼 독일 테리어한테 넘어가 버린 거냐? 응, 영국 에어데일 종이 말야? 네 덩치 반밖에 안 되는 얼룩무늬 테리어한테! 맙소사, 부끄러운 줄을 알아야지! 뭐라고, 꼬리를 흔들며 북슬북슬한 머리를 내밀겠다고? 네 녀석 얼굴은 보기도 싫어! 저 밑으로 기어 들어가, 유혹에 홀랑 넘어간 이 말도 안 듣는 바보 개야! 아직 한 살도 안 된 녀석이 이게 무슨 일이냐! 네 꼴 좀 봐. 골반은 푹 꺼져서 척추뼈가 염소처럼 도드라졌잖니, 모양도 이상하고 허약해 보여. 이젠 동그랗게 몸을 말지도 못하고, 무겁고 피곤한 한숨을 지으며 꽁무니나 깔고 앉잖아. 나를 아무리 쳐다본들, 내가 무슨 도움이 되겠니. 뭐, 낯설고 아주 엄숙한 기분이 든다고? 뭐, 신경 쓰지 마라, 자연의 권능은 강력하니 거스르기 어렵단다. 아무튼 스테이블테리어니까, 에어데일하고 같은 테리어 과 아니겠니. 둘 다 털도 많고 수염도 있고…… 누가 알아, 흰색 에어데일이나 등에 안장 같은 까만 털이 난 빨간 털 스테이블테리어를 낳을지도 모르잖아. 새로운 종이 탄생할 수도 있어. 에어테리어나 테리어데일 같은 새로운 종족이 탄생할지도 모른단 말이야. 자, 이리 오렴, 이 바보야. 내 무릎을 베고 누워도 좋아."

어느 날 아침 민다의 개집에서 낑낑거리고 깩깩거리는 소

29

리가 들렸습니다.

"민다, 민다야, 무슨 일이니? 네 밑에서 꿈틀거리는 게 대체 뭐냐?"

민다는 완전히 탈진해서 쭉 뻗은 채 참회의 뜻을 표하고 있습니다. '인간, 이렇게 산더미처럼 많이 낳아서 미안해!' 이십사 시간 동안은 민다를 개집에서 끌어내는 게 불가능했지요. 배 밑에서는 쥐꼬리 같은 게 톡 튀어나와 있을 뿐입니다. 네 마리, 아니 다섯 마리가 있는 걸까요? 민다는 아무도 새끼를 세지 못하게 막습니다. 개집으로 손이 들어오면 야멸차게 콱 깨물고, 목걸이를 잡고 개집 밖으로 끌어내려 하다가는 개가 목이 졸려 죽을 판이에요.

결국 민다는 다음 날이 되어서야 제 발로 개집에서 걸어나왔습니다.

여덟 마리였어요, 새끼 강아지들은. 게다가 모조리 혈통 분명한 매끈한 검은색의 도베르만이었지요.

여덟 마리를 보고 나니, 우리로서는 어쨌든 새끼들을 몇 마리 없앨 길을 찾아야 했어요.[8]

"어이, 거기 벽돌 놓는 신사 여러분, 혹시 눈도 못 뜬 강아지들 좀 물에 던져 줄 분 계시오?"

벽돌공의 안색이 살짝 파리해지더니 대답하더군요. "아니, 아니요. 그런 짓은 해 본 적 없습니다."

8 　현대의 기준으로는 경악할 일이지만, 당시에는 반려견이 새끼를 많이 낳았을 때는 수유할 어미를 생각해서라도 실처분하는 것이 관례였다.

"콘크리트 혼합하고 계시는 신사 여러분, 무서울 게 없으신 분들이시지요? 혹시 강아지 한두 마리 익사시켜 주실 분 계십니까?"

"난 못 해요." 콘크리트를 혼합하던 인부가 말했습니다. "마음 약해서 절대 그런 짓 못 합니다."

결국 강아지들을 처리해 준 건 소녀 같은 눈망울의 젊은 정원사였지요.

그리하여 이제 민다는 남은 도베르만 새끼 두 마리만 젖을 먹이고 있습니다. 어미로서 당연하지만, 몹시 자랑스러워 하며 눈 위에 노란 반점이 있는 멍청하고 까맣고 반짝거리는 머리들을 핥고 있어요.

"민다야, 맙소사, 대체 어디 가서 새끼를 배어 온 거니?"

민다는 특별하고 행복한 자긍심으로 꼬리를 살랑거리네요.

벤, 벤지, 블래키와 비비

때가 되어 징표가 하늘과 땅에 걸쳐 나타났을 때, 나는 우리 개 아이리스에게 말했습니다. 네 행복을 막을 생각은 전혀 없으며 네 지위에 어울리는 남편감을 찾아 주겠노라고. 물론 격식에 맞는 혼례를 치르고 부부의 연을 맺고 새끼들의 아비를 확실하게 하고, 뭐, 아무튼 만사는 적절한 절차에 맞춰 진행해야 한다고 설명을 했지요. 아이리스는 꼬리를 흔들었으니, 내게 유창하게 대답한 셈입니다. '주인님, 당신의 뜻이 이루어지소서, 하지만 서둘러서!'

그 무렵 한 신사가 나를 찾아왔습니다. E. P. D. 12233, B. H. P. 371/II의 193번으로 등록되어 있는(그 신사분이 아니라 개 말입니다.) 부베 폰 플레스베르크라는 이름의 와이어헤어드폭스테리어 왕조의 대회 수상견 주인은 내게 족보가 있느냐고 준엄하게 묻더군요. 나는 없다고 솔직히 고백할 수밖에 없었습니다. "우리 할아버지는 농부셨는데요." 하고 말했지요. 나는 비록 족보가 없지만, 신사는 우리 아이리스를 자신의 피후견견에 어울리는 짝이라고 인정했고 아이리스의 눈과 귀와 얼굴과 다리와 여타 다른 성격들을 칭찬하더군요. 다음 날 신사는 귀족 신랑을 데리고 와서 우리 개와 선을 보였습니다. 아이리스는 화살처럼 날아다니기 시작했고(여러분이 털이 부숭부숭한 화살을 상상할 수 있다면 말이지만요.) 빙글빙글 돌고 경중거렸습니다. 초대의 몸짓이었지요. '어서 와, 내게 구애해, 날 잡아, 달려. 어서, 우리 같이 저 푸른 초원에서 놀자. 무한한 공간을 뚫고 털이 퍼덕거릴 때까지 날아 보자고. 아, 너는 정말 아름답구나, 나의 왕자님!' 그러자 신사는(개가 아니라 사람 말입니다.) 부베가 숨을 헐떡거린다며 안 되겠다고 말하더니 싫다는 아이리스를 다리로 꼭 붙잡아 놓고서는 꼬마 신랑의 목줄을 잡아끌고 와서 짝짓기를 시켰습니다. 내가 보기에는 이 일로 마음 여린 아이리스의 감정이 심히 상한 것 같았어요. 하지만 워낙 충성심이 강하고 행동거지가 모범적인 녀석이니까요. "얘야, 이제 알겠지, 이게 소위 결혼의 구속이란다. 뜬금없는 사람 무릎 사이에 머리가 끼게 되는 거 말이야."

이내 아이리스의 털이 빠지며 성격이 나빠지기 시작했습니다. 온통 제 생각밖에 하지 않고 가끔 토하기도 했지요. 푸석푸석한 털에 엉덩이는 무거워지고 척추뼈는 도드라졌습니다. '나 진짜 꼴 보기 싫지, 인간! 세 살은 더 늙어 보이지 않아? 아, 내 청춘은 어디로 간 거야! 다 사라져 버렸어…… 숯처럼 새까만 귀가 달린 하얀 수컷 곱슬강아지도 떠나고 없어……' 한탄이 끝나면 절망의 한숨을 쉬며 먹이를 먹으러 가곤 했지요. 그러던 어느 날 아이리스가 개집에 기어 들었습니다. 매를 맞고 억울함을 되새길 때 말고는 개집에 기어드는 일이 없는데 말이지요. 아무튼 녀석은 개집에 들어가더니 우리가 다정하기 짝이 없는 말투로 고양이를 불렀는데도 나오지 않았어요. 몇 시간 후에 집안 여자들이 오더니 환하게 웃으며 (여자들은 이런 일이 생기면 항상 만면에 웃음을 띠더군요.) 강아지들이 태어났다고 선언했지요. 추정되는 강아지의 수는 둘에서 열넷 사이로 각양각색이었습니다. 아이리스가 근처에 아무도 얼씬 못 하게 했기 때문이지요. 그저 꾸물거리는 까맣고 흰 형체들이 보일 뿐이었어요. 이틀이 지나자 네 마리라는 게 확실해졌지요.

낡은 성경에 가족의 중요한 일들을 엄격히 적은 우리 선조들의 선례를 따라야겠다는 생각을 내가 좀 일찍 했더라면, 이 기록은 아마 다음과 비슷할 것입니다.

5일째: 강아지들은 벌써 낑낑거리고 울 뿐 아니라 갸릉거리고 칭얼거리고 꽥 소리를 내고 뺙 짖을 줄도 안다. 까만 녀석은 개집 한쪽 구석에서 반대쪽 구석까지 기어가며 용기를 내어 꽥꽥 울어 댔다. 안 그러면 강아지들은 한 무더기로 들러붙어 누워 있거나 어미의 배를 빨면서 앞발로 두드리거나 쪼물거린다. 여기서 자연의 지혜가 드러나게 된다.

6일째: 까만 녀석은 개집 밖으로 떨어졌다. 예상하고도 남은 일이다. 녀석은 너무 모험심이 강했다. 크면 강인하고 용감한 개가 될 것이다. 돼지 멱 딸 때처럼 찢어지는 비명을 지르며 떨어졌기 때문이다.

7일째: 강아지들 사이에 가족의 유대라는 개념이 형성되기 시작했다. 한 녀석이 어미 젖꼭지를 빠는 다른 녀석을 밀쳐 낸 것이다.

9일째: 강아지들이 싸우는 것처럼 보인다.

10일째: 까만 안경을 쓴 하얀 강아지가 가까운 쪽 눈을 떴다.

11일째: 벌써 한 놈만 빼고 다 눈을 떴다. 왜 저렇게 머리들이 크지?

12일째: 강아지들 배가 드럼 같다. 연신 개집에서 줄줄 떨어지면서 끔찍하게 울부짖고 있다. 목청들이 대단하다. 귀에 얼룩무늬가 있는 녀석이 컹 하고 짖었다!

14일째: 오늘 부베의 주인이 강아지들 꼬리를 잘랐다. 나는 차마 볼 수가 없었다. 여자아이의 새끼손가락보다 보드라운 작고 하얀 꼬리 네 개가 땅바닥에 떨어져 있었다. 보관했다가 나중에 강아지들한테 기념품으로 주고 싶지만 먹어 치울까 봐 걱정이다. 꼬리는 땅에 묻어야겠다.

15일째: 벌써 오줌을 흥건하게 쌀 줄 안다. 이로써 독립적인 삶이 시작된 셈이다.

이런 식으로 나는 하루하루 강아지들의 지적이고 윤리적인 면모가 발달하는 과정을 기록할 수 있었습니다. 짖고 으르렁거리기 시작하더니, 개집에서 뛰쳐나오고 계단을 뛰어 올라가고 무시무시한 소음을 내며 서로 쫓아다니고 입에 닿기만 하면 깨물고 아무 데나 코를 쑤셔 박고 구멍이 보이기만 하면 기어들고 무르팍이 있으면 베고 자고, 아무튼 현명한 왕 이르지 스 포데브라트[9]가 통치하던 시절에 살던 강아지들이 하던 그대로 행동하는 과정 말입니다.

하지만 이런 점진적인 사건 전개의 기록은 생략하고 어느 쾌청한 날, 내가 우리 집과 정원에 4만 4000마리 강아지들

9 15세기 보헤미아 왕국의 왕.

이 득시글거린다는 무서운 생각에 사로잡혔다는 얘기로 넘어가 보도록 하겠습니다. 집 안의 모든 구멍에서 앳된 목소리의 다성 악곡으로 짖는 깔깔한 머리나 살랑대는 꼬리가 툭 튀어나왔어요. 발 디딜 때마다 으르렁거리며 빽빽 짖는 강아지들 한 덩어리가 바지에 들러붙어 달랑거렸습니다. 가족들은 모두 두 팔 가득 강아지들을 안고 걸어 다녔지요. 바구니와 냄비마다, 옷가지마다, 신발과 모자마다, 흑백의 강아지들이 뭉쳐 잠들어 있었습니다. 발을 놓을 곳이 없더군요. 꿈틀거리는 강아지가 있거나 흥건한 오줌이 있거나, 대체로는 둘 다 있기 마련이었습니다. 헤아려도 헤아려도 끝이 없었어요. 나는 네 마리를 모두 방 안으로 들고 들어갔습니다. 머릿수를 세려고 했는데 삼십 초도 못 되어 네 마리 개가 다섯 개의 오줌 자국을 만들더군요. 정말이지 이런 강아지들은 자연의 경이 그 자체지요. 끝없는 즐거움과 오줌 웅덩이의 원천이고요. 반드시 연구해 봐야 할 문제입니다. 내가 보기에는 강(적어도 좀 큰 강)의 머리에는 무조건 강아지 아홉 마리가 딸린 어미 개(어미 개의 이름은 도라, 플로라, 디아나, 실비아나 아미나일 겁니다.)를 키우는 사냥터 지기의 집이 있는 것 같아요.

강아지들의 대홍수라는 이런 참사를 앞두고 제일 처음 퇴각하는 건 어미인 아이리스였습니다. 앙상하게 뼈처럼 말라서, 배가 헐도록 쪽쪽 빨린 채로. 물론 아이리스는 강아지들에게 개와 관련된 교과목들을 모두 가르쳤어요. 일부는 필수 과목(추적, 공격, 적수의 목덜미를 잡는 법, 화단 파기, 온갖 물건들을 가지고 도망치기, 움직이지 않는 물체는 무조건 갉아먹기), 일부는 선택 과목(춤추기, 자기 꼬리 쫓기, 사람들 다리에 엉겨 붙기, 울타리 뚫고 옆집 정원에 몰래 들어가기 등등)이었지요. 그러나 수업을 마치고 나면 다른 방으로 가서 문을 꼭 닫고 처박혀서 4만 4000 마리 새끼 중 한 마리가 지나치게 절박하게 울어 댈 때까지 밖으로 나오지 않았습니다. 뭐, 별일은 아니었어요. 그저 벤이 부베의 꼬리를 좀 물어뜯어서 부베가 무시무시하게 한탄과 욕설을 퍼부으며 으르렁거리는 벤을 질질 끌고 가서 아흔아홉 개의 계단 밑으로 거꾸로 던졌을 뿐이지요. 혹은 블래키가 말뚝 사이로 고개를 밀어 넣었다가 꼼짝달싹 못 하게 끼어 버렸다든가. 또 벤지가 전선을 물어뜯다가 감전된 적도 있습니다. 이런 유의 일들은 팔십육 초에 한 번씩 일어나기 마련이지요. 이런 경우에 아이리스는 유달리 불안하게 종종거리며 다가와서 그 새끼의 온몸을 핥아 줍니다. 그러면 새끼는 낑낑 않고 칭얼거리는 소리를 내뱉고 어미의 젖꼭지에 온몸으로 착 달라붙지요. 어미의 젖은 바로 이렇게 위로해야 할 순간을 위해서 마지막 한 방울을 남겨 두는 겁니다. 그러나 블래키는 비비가 어미젖을 빨게 두고 보지 않아요. 전쟁의 함성을 올리며 온몸을 덮쳐 공격해 앞발을 잡고 끌고 나가고 말지요. 벤은 오히려 이런 기회를 놓치지 않고 블래키의 귀를 붙잡습니다. 바로 이 순간 아이리스는 재빨리 발을 빼고 자기 아파트로 들어가 버리지요.

　(설마 이 네 녀석의 이름이 모두 B로 시작한다는 사실을 알아채지 못하셨을 리는 없겠지요. 실제로 모두 두 번째로 밴 한배 새끼들입니다. 반려견학의 법칙에 따라서, 세대가 같은 개들은 알파벳 순서에 따라 이름을 붙입니다. 나는 벌써 앞으로 낳을 새끼들의 이름을 다 생각해 두었어요. 예를 들어 글자 Q까지 가면 쿼도, 콰지모도, 쿼바디스, 쿽, 콱, 쿼시즈와 퀸쿤크스라는 이름들을 대기시켜 놨단 말입니다. 하지만 제일 걱정스러운 건 X와 Z예요.)

여기서 잊지 말아야 할 존재가 있습니다. 고양이 말이지요. 고양이는 어미의 열의와 자긍심이 넘치는 처음 며칠에 이 행복한 가족의 경사를 애써 못 본 체했습니다. 아이리스는 억지로, 맞아요, 억지로라도 고양이를 끌고 와서 새끼들을 보여 주길 원했습니다. 코끝으로 고양이를 밀어 개집에 넣어 보려 했지만, 고양이는 역겹다는 표시로 꼬리를 흔들더니 토굴의 원시인을 방문하라는 요청을 받은 숙녀처럼 도도하게 자리를 뜨더군요. 아이리스는 마음의 상처를 입은 게 분명했어요. "마음이 없으면 뭐, 됐어." 말로는 쿨하게 굴었지만, 그 후로 앙심을 품고 고양이의 먹이 접시를 자기가 선수쳐서 싹싹 비웠거든요.

우리 인간들로 말하자면, 반짝이처럼 쏟아지는 B 강아지들의 세례에 파묻혀 허우적거렸을 뿐이지요. 강아지들은 우리 다리를 타고 올랐고 즐거워 어쩔 줄 모르며 우리 코를, 특히나 귀를 들이받았어요. 우리 몸 위에서 적에게 시비를 걸고 추적하고 적이라고 판단되는 대상, 말하자면 우리 정강이의 급소를 물어뜯는 법을 배웠지요. 우리 손가락으로 뼈를 갉아 먹고 살을 바르는 연습을 하고, 밤이면 대표단을 파견해 빵과 우유를 내놓으라고 요구했으며, 우리 신발 위에서 뒹굴었습니다. 우리 품과 무릎에 안겨 젖을 먹기를 원하고, 형제답게 서로 질투하는 바람에 끝내 시비와 몸싸움으로 이어지기 일쑤였습니다. 강아지들이 움직이기만 하면 말썽을 부려 피해가 속출했고, 정당한 분노에 휩싸여 용의자의 목을 잡아들고 쿡쿡 찌르면 녀석은 어찌나 천진하게 눈을 동그랗게 뜨며 작고 통통한 앞발을 축 늘어뜨리는지…… 글쎄…… 그러니까…… 뭐, 물론 녀석은 와서 코를 핥고 키스를 받고는, 또 다른 모험을 좇아 종종거리며 떠나 버렸지만요. 가끔은 4만 4000마리의 B들이 모조리 잠드는 일이 생기기도 했지요. 그러면 우리는 새끼들이 정말 전부 있는지 불안한 마음으로 수를 헤아려 보았습니다. 한 마리가 없는 경우가 다반사였는데 한참 동안 정신없이 찾아 헤매고 나서야 빨래 바구니나 정원의 호스 속에서 잠들어 있는 한 녀석을 찾을 수 있었습니다.

하루는 B들을 모조리 한 군데 불러 모아(한 녀석은 내 무릎 사이에 끼어 있었고, 두 마리는 내 손에 붙잡혀 있었으며, 네 번째는 내 넥타이에 매달려 있었어요.) 엄중히 선포했습니다. "이 덜떨어진 해충, 악마, 말썽꾸러기들, 앞으로도 계속 이런 식으로 갈 수는 없어. 너희를 우리 집에서 내보내야겠다. 내가 너희한테 아주 훌륭한 상황을 찾아냈어. 네 사람을 설득해서 너희가 태양 아래 가장 온유하고 매혹적인 작은 동물이라고 믿게 만들었단 말이지. 이미 지난 팔 주간 너희 때문에 고생은 할 만큼 했으니, 이제 다른 사람들에게 짐을 떠넘겨야겠다." 그 후로도 간곡하게 여러 사람을 설득한 결과, 나는 녀석들을 세상으로 내보냈습니다. 처음에는 몸싸움을 좋아하는 깜장 강아지 블래키와 까만 안경을 쓴 장난꾸러기 벤지를 보냈고, 다음에는 꾀 많은 벤, 마지막으로 험상궂고 으르렁거리는 비비가 떠났습니다. 이제 우리만 남았지요. 우리는 좀 슬픈 마음이 들었어요. "다시는." 하고 우리는 다 같이 한숨을 쉬었습니다. "다시는 강아지들을 낳을 생각도 하지 말자."

사흘 동안 어미 개 아이리스는 풀이 죽어 있었습니다. 가끔은 새끼들을 찾아 헤매기도 했고요. 추레하고 볼품없는 모습을 좀 부끄러워하기도 했습니다. 그러다 새로 잔털이 쑥쑥 나기 시작했어요. 그리고 아이리스는 수줍게 꼼지락거리며 내 무릎에 뛰어올라 내 귓가에 속삭였습니다.

"인간, 이제 나는 어미가 아니야. 다시 젊은이가 되었어. 돌멩이를 던져 줘, 다시 재미를 좀 봐야겠으니까."

아이리스

작년 가을 어떻게 그런 일이 일어났는지는 영원히 미스터리로 남을 겁니다. 짧게 말해서 자기 분야에 빠삭한 사람들이 내게 말하길 아이리스는 일 년에 두 번 새끼를 가져서는 안 되고, 그랬다가는 결핵이나 뭐, 그런 병에 걸릴 거라고 했단 말입니다. 그리하여 반드시 조심해야 할 시기가 왔을 때 아이리스는 삼엄한 감시를 받으며 이 방탕한 세상의 모든 유혹을 차단당한 채 수녀원 부속 학교의 학생처럼 어디를 가나 후견인을 대동하는 신세가 되었지요. 정말이지 한순간도 아이리스를 혼자 남겨 두는 법이 없었어요. 언제나 아이리스가 있는 곳에는 같이 놀아 주고 돌멩이를 던져 주고 풀밭에서 뛰어다니며 여흥을 제공해 주는 한 남자가 있었단 말입니다. 그런데도 아이리스는 팔 주에 걸쳐 점점 성격이 진중해지고 체중이 늘어나더니 결국 개집으로 기어들어 강아지 네 마리를 세상에 선보였습니다. 대체 어떻게 해서 그럴 수 있는지 나는 영영 이해할 수 없을 거예요. 자연의 힘은 참 강력합니다. 의심의 여지가 있었다 해도, 송아지만 한 덩치의 옆집 셰퍼드 또는 훌륭한 부엌과 늘 속을 썩이는 위장 말고는 아무 데도 관심이 없어진, 이웃집의 점잖지만 노망난 스테이블테리어 정도가 용의 선상에 오를 만했어요. 그러나 두 마리 모두 지극히 가능성이 희박했습니다. 어쨌든 두 경우 모두 새끼는 못생기고 가치도 없는 잡종이었을 테고, 그랬다면 난 또 죄다 물에 빠뜨려야 했을 것입니다. 물론 기꺼이 그런 일을 해 줄 사람을 찾을 수 있다면 말이지만요.

뭐, 아무튼 다시 말하지만 자연의 힘은 강력하고 신비롭습니다. 자연이 특별히 장난을 치는 바람에 이렇게 불법적으로 태어난 자식들은 완벽한 순종 폭스테리어의 형태를 띠고 있더군요. 심지어 생후 일이 주에는 수의사가 듣도 보도 못한 값을 매겨 주었는데, 한 살짜리 망아지나 중고 모터바이크도 살 정도의 거액이었어요. 나는 두 마리를 살려서 알파벳 순서에 따라 셀러리티와 시트린이라는 이름을 지어 주었습니다. 새끼 강아지는 전에도 키워 본 경험이 있었죠. 강아지와 관련해서는 두 가지 보편 법칙이 있는데 두 법칙이 상충한다면 그건 내 탓이 아니라 강아지 탓입니다.

1. 모든 강아지는 똑같습니다. 강아지는 모두 똑같은 버릇을 가지고 태어나 똑같은 게임의 법칙에 따라 성장합니다. 모두 자기와는 아무 상관도 없는 곳에 기어들고 하루에 일흔일곱 번 오줌을 싸며 양말을 물어 찢고 의자, 끈, 비누, 카펫, 손가락 등 먹어서는 안 될 것을 먹으며 깨끗한 빨래가 담긴 바구니에서 잠이 들고 오 분마다 도와 달라고 비명을 지르며 짖는 법을 배우고 복구 불가능한 피해를 초래할 때만 조용합니다. 이 모든 건 자연의 불가피한 법칙이며 세계의 모든 강아지에

게 적용되지요.

2. 반면 모든 강아지는 태어날 때부터 얼굴, 능력, 지능의 상태가 다릅니다. 어떤 강아지는 처음부터 배려심 많고 생각이 깊은 동물로 태어납니다. 또 다른 강아지는 첫날부터 못 말리는 싸움꾼에 정복자고요. 셋째는 불만이 많고 제멋대로 구는 버릇을 영영 고치지 못합니다. 넷째는 성격 좋고 평화로운 친구예요. 강아지들도 기질에 따라 화가 많거나 우울하거나 다혈질이거나 냉정하기 마련이고, 외곬도 있고 주의 산만한 녀석도 있고, 영웅적이거나 깡패 같은 성격도 있습니다. 행동력 있는 강아지도 있고 감상적인 녀석도 있고, 아킬레우스나 디오니소스를 닮은 성격도 있고, 뜨겁거나 차가운 기질도 있고, 내성적이거나 사교적인 성격도 있습니다. 모든 강아지는 똑같은 행동을 하지만 저마다 다르죠. 유사성은 영원하고 살아 있는 만물의 다채로움은 무한한 법입니다.

그러나 강아지 주인들의 운명을 좌우하는 법칙이 또 하나 있습니다. 강아지들이 눈을 뜨지 못하고 엄마 젖을 먹는 첫 단계는 즉흥적인 방문과 만면에 웃음을 띤 어미 개에게 몇 마디 칭찬의 말을 건네는 데에 그치지요. 하지만 두 번째 단계에서는 흥미의 곡선이 급속히 올라갑니다. 주인은 강아지들이 이 집에서 떠나게 되는 일은 없을 거라며 인류 역사상 이렇게 귀여운 강아지들은 없었다고 선언하고 꼭 자기가 직접 다 키우겠다고 힘주어 선언하게 되지요. 그러다 마침내 세 번째 단계가 되면 주인은 첫 단계에서 강아지를 주겠다고 약속했던 사람들에게 편지를 쓰거나 전화를 걸어 강아지를 데려갈 사람을 빨리, 어서 빨리 당장 보내라고 종용하는 지경에 이릅니다.

"그러니까 말이야, 재미를 놓치면 안 되잖아, 지금 딱 이맘때가 미치게 귀엽단 말이야, 하지만 그걸 보려면 오늘 데려가야 해." 강아지를 보낼 때는 매번 다급하게 서두르면서 꼭 기가 막히게 착하고 얌전한 꼬마 강아지라서 어떻게 하면 주인을 즐겁게 해 줄까 하는 생각밖에 없다고 강력하게 장담하지요. 반면 문제의 강아지를 데리고 가는 새 주인은 착한 꼬마 강아지가 코를 핥고 귀를 씹기 시작하면 기쁨에 넘쳐 솟구치는 의욕과 무한한 감사의 마음을 벅차게 표현하고는 분양하는 사람이 마음을 고쳐먹을까 무서워 놀라운 속도로 황망하게 작별을 고하기 마련입니다. 그러면 감정에 복받친 전 주인은 문을 닫고 집 안으로 들어가 안도의 한숨을 내쉬는 거죠. "하나님, 감사합니다. 드디어 놈들이 갔어요."

또 새 주인은 앞서 말한 운명의 서에 쓰인 대로 정해진 수순을 차근차근 밟아 나갑니다. 처음 며칠은 훌륭한 꼬마 동물이 하는 일마다 그저 열렬히 감탄하며 즐거워하죠. "우리 모두 강아지를 얼마나 좋아하는지 몰라." 하고 분양해 준 사람에게 소감을 전합니다. "벌써 우리한테 익숙해졌는지 꼭 우리 침대에서만 자려고 한다니까. 녀석한테 내 슬리퍼를 갖고 놀라고 줬는데 글쎄 깨물 줄 알지 뭔가! 게다가 먹성은 얼마나 좋은지! 거기다 그 작은 다리로 암탉들을 쫓아다닐 줄도 알아! 딴엔 고집도 얼마나 센지! 게다가 활기는 말도 말게! 우리 모두 자네한테 정말 감사하고 있어."

이 주 후…… "이보게, 그 녀석은 끔찍한 깡패야. 온종일 돌볼 사람이 필요하다니까…… 생각해 보게, 꼭 우리 침대에서만 자려고 들어…… 침대에서 밀어내려고 했더니 날 물었다고…… 어쩌다가 한 번씩은 혼쭐을 내 주고 싶기도 한데 도

무지 여지를 안 주는군. 아, 가끔 개집에 묶어 놓기도 하는데 시간이 지나면 길이 들겠지, 안 그런가?"

또 이 주가 지나고 나면 새 주인은 자식에 대한 불쾌한 이야기를 전해 주려는 사람처럼 초조하게 마른침을 삼키며 몹시 조심스럽게 입을 떼게 됩니다. "이제 우리는 그 녀석을 어떻게 해야 할지 알 수가 없네. 벌써 저만큼 커졌는데도 자기하고 싶은 대로만 해. 녀석한테 목줄을 달고 싶은데 그러다 목 졸려 죽으면 어떡하나. 애들만 보면 쫓아서 뛰어간단 말이야…… 우리 카펫도 하나 찢었어…… 말 좀 해 보게, 대체 녀석을 어떻게 하면 좋겠나?"

지금까지 C 세대의 역사는 다음과 같습니다.

C1 셀러리티(젊은 숙녀분 집에 살고 있음): 몹시 다정함. 내 코를 묾. 가정부의 신발을 찢음. 베일을 찢음. 불난 집처럼 무섭게 커 감. 구두 몇 켤레와 양말들을 더 찢음. 모두 참 잘생긴 녀석이라고 칭찬함. 차에 치임. 내 모자를 먹고 소화 불량에 걸림. 굉장히 머리가 좋음. 개 행동 교정 학교에 보냄. 삼 주 후에 훈련을 마치고 돌아옴. 목줄을 하고 산책하고 빌 줄도 알고 신발도 덜 찢음.

C2 시트린(의사가 키움): 몹시 다정함. 온종일 내가 무릎에 두고 돌봐 줌. 대기실에서 기다리는 환자의 모자를 찢음. 또 모자를 찢음. 그리고 또 모자를 찢음. 정원에 풀어놨더니 어린 식물들을 모조리 파헤침. 침대를 차지하는 명백하고도 배타적인 권리를 이빨과 발톱으로 사수함. 이웃집 암탉들을 쫓아 다님. 환자 정강이를 확 깨묾. 별로 옥상에 올려놨더니 옥상을

죄다 먹어 치움, 적어도 구멍을 뚫어 놓음. 사냥터 지기에게 훈련을 시켜 달라고 부탁함. 잠시 함께 있어 본 사냥터 지기는 숲에 심은 묘목을 돌봐야 해서 지금 당장은 개를 키울 시간이 없다고 빈약한 핑계를 대며 물러남. 이제 C2는 집과 정원을 장악하고 절대 권력자로 군림하고 있음. 요령껏 항의하며 누군가 다가올 양이면 C2는 이를 드러내고 제 입지를 지킴. 현재로서는 더 먼 미래를 예측하기는 어려움. 그러나 녀석이 굴하지 않으리라는 짐작. 녀석은 완벽한 순수 혈통의 강아지답게 구는 것임. 암, 그렇고말고, 훌륭한 품종이고말고!

안 돼, 아이리스, 이번에는 그러면 안 돼. 혼자서는 한 발짝도 움직이면 안 된다. 우리가 너 잘되기만 바라는 걸 알잖니. 아니야, 됐다, 우리 인간들에게도 신경 쓸 고민거리들이 있단다. 내 발치에 엎드려 슬퍼해 다오. 자라, 잘 자라, 내 축복 받은 봄날아.

다셴카, 어느 강아지의 일생

1

처음 세상에 나왔을 때는 그저 아무것도 아닌 하얀 덩어리였어요. 쉽게 한 손으로 들 수 있었지요. 하지만 아주 작은 까만 귀와 조막만 한 꼬리가 달려 있었기에 우리는 강아지라고 인정할 수밖에 없었고 암컷이었으면 하면서 다셴카라는 이름을 지어 주었어요. 아무것도 아닌 하얀 덩어리였을 때 다셴카는 눈이 없어 앞도 보지 못했어요. 아주 잘 들여다봐야 다리라고 할 만한 꼬물꼬물한 게 두 개 달려 있었는데, 우리는 아주 잘 들여다볼 마음이 있었으므로 아직 쓸모가 별로 없음에도 작은 다리라고 봐 주었답니다. 안타깝게도 그 다리로는 아직 설 수도 없었고, 맙소사 걷기라뇨, 그건 더욱더 어려웠어요. 다셴카가 작정하고 걸음마에 달려들었을 때는(아니 달려들지는 않았어요. 소매를 걷었죠. 아니, 엄밀하게 말해 소매를 걷지도 않았고, 그저 손바닥에 침을 퉤 뱉었을 뿐이네요. 물론 다셴카가 손에 침을 뱉을 수는 없다는 걸 감안해 주셔야 해요. 다셴카는 아직 침을 뱉을 줄도 몰랐거니와, 워낙 앞발이 너무 작아서 침을 뱉어도 명중시킬 리가 없으니까요.) 아무튼 다센카가 제대로 해 보기로 마음먹자 반나절 만에 엄마의 뒷다리에서 앞다리까지 굴러가는 데 성공했답니다. 그리고 거기까지 가는 길에 세 번 젖을 먹고 두 번 잠을 청했어요. 다센카는 태어난 그 순간부터 먹고 잘 줄 알았어요. 그건 아무에게서도 배울 필요가 없었지요. 그래서 다센카는 온종일 열과 성을 다해서 먹고 잤고, 내가 보기에는 아무도 안 보는 밤에도 낮이나 마찬가지로 성실하게 잠을 잔 것 같아요. 다센카는 대단히 근면한 강아지였거든요.

게다가 칭얼거릴 줄도 알았답니다. 하지만 나는 어린이 여러분에게 칭얼거리는 강아지를 그려 보여 줄 재주도 없고 목소리가 가냘프지 못해서 흉내를 내 보일 수도 없네요. 다센카는 또 태어난 날부터 어미젖을 빨며 제 입술도 쪽쪽 빠는 법도 알았지만, 그것 말고는 할 줄 아는 게 하나도 없었어요. 그래서 처음에는 나도 녀석과 이야기를 많이 나눌 수도 없었지요. 그래도 제 어미에게는(어미 개의 이름은 아이리스고 와이어헤어드폭스테리어입니다.) 그것만 해도 정말 대견했지요. 아이리스는 종일 애지중지하는 아기 다센카에게 속삭여 말하고 주변을 맴돌며 코를 킁킁거리고 키스하고 핥고 혓바닥으로 씻어 주고 털을 빗겨 주고 토닥거리고 돌봐 주고 꼭 안아 주고 지켜보고, 복슬복슬한 제 몸을 베개로 쓰라고 내주었는데, 그러면 다센카는 정말로 꿀잠을 잤어요! 이런 게 진정한 어머니의 사랑인데 그건 어린이 여러분의 엄마들도 마찬가지일 거랍니다. 물론 여러분도 이미 알고 있겠지만 말이에요. 다만 여러분의 엄마들은 해야 할 일을 왜 해야 하는지 똑 부러지게 알아서 잘하시지만, 어미 개는 이유 같은 건 모르고 자연이 시

키는 일만 감으로 할 뿐이에요. '안녕하세요, 개 부인.' 자연의
목소리는 이렇게 명령을 해요. '부인의 어린 새끼가 앞을 못
보고 그냥 아무것도 못하는 동안은 돌봐 줘야 해요. 숨거나 도
움을 청하기는커녕 제 몸 하나 지킬 줄 모르니까요. 일러 두는
데, 새끼를 두고 멀리 가 버려도 안 돼요. 꼼꼼하게 지켜보면
서 부인의 몸으로 보호해 주고 수상한 사람이 다가오면 으르
렁거리면서 공격해야 합니다!'

아이리스는 이 명령을 마음에 깊이 새겼고 수상해 보이는
변호사가 다가오자 몸을 던져 공격해 바지를 찢었지요. 그리
고 내가 가까이 다가가자 또 덤벼들며 다리를 물었어요. 또 다
른 여자분의 드레스도 찢었고요. 심지어 우체부, 청소부, 전기
공, 가스 회사에서 온 신사분 같은 공무원들에게도 야만적인
공격을 퍼부었지요. 아이리스는 그 밖에도 다수의 저명한 인
사들을 위협했답니다. 국회 의원을 콱 물려고 달려들기도 하
고 심지어 경찰과의 사이에서도 오해가 있었거든요. 이처럼
눈을 부릅뜨고 맹렬하게 감시한 덕분에 아이리스는 세상의
모든 속임수, 적대감, 악의로부터 어린 새끼를 지킬 수 있었어
요. 우리 친구들, 그런 어미 개는 한시도 마음이 편할 날이 없
어요! 사람들도 많고 많은데 죄다 물어뜯을 수도 없잖아요.

다셴카가 인생의 10일차를 축하하던 아침, 첫 번째 사건
이 발발했어요. 잠에서 깨어나니 눈앞이 보이는 바람에 기절
초풍한 거예요. 먼저 한쪽 눈만 떴지만, 한 눈만으로도, 굳이
말하자면 세상으로 내딛는 크나큰 한 발이었던 거죠. 다셴카
는 기겁해서 깩깩거렸고, 그 기억할 만한 깩 소리로부터 '짖
기'라 불리는 개의 언어가 처음 시작되었어요. 이제 다셴카는
말은 물론이고 욕도 하고 제법 무섭게 위협할 줄도 안답니다.

그러나 그때는 접시를 긁는 나이프처럼 끼익 소리를 냈을 뿐이죠.

물론 제일 중요한 게 눈이었어요. 그때까지 다셴카는 오로지 코에 의지해 맛있는 우유가 나오는 엄마의 단추를 찾아야 했거든요. 기고 싶으면 까맣고 반짝이는 코를 밀어 앞에 뭐가 있는지 알아내야 했고요. 우리 친구 여러분, 비록 외눈박이라도, 눈이 있다는 건 혁명적인 발전이에요. 꿈벅거리기만 하면 밖을 내다볼 수 있다니 말이에요. 어, 저기 벽이 있네, 저기는 뭔가 심연 같은 게 있고, 여기 이 하얀 물건은 엄마야. 잠을 자고 싶으면 눈꺼풀이 작은 눈 위로 스르르 내려오고, 안녕, 잘 자, 이제 난 건드리지 말고. 그리고 다시 일어나는 건 또 어떻고? 한쪽 눈이 뜨이면 보이잖아! 또 다른 눈도 보이네! 조금 깜박이더니 어느새 커다랗게 떴어. 그 순간부터 다셴카는 두 눈으로 세계를 보고 두 눈으로 잤으며, 앉고 걷고 삶에서 중요한 여러 다른 많은 일을 하는 법을 배울 여유가 생겼어요. 그야말로 발전이 아닐 수 없지요.

그 순간부터 자연의 목소리가 다시 들렸어요. '너, 다셴카야.' 자연은 명령을 내렸죠. '이제 바깥세상을 보는 눈이 생겼으니 네 앞을 바라보고 걷기 연습을 해라.' 그래서 다셴카는 작은 귀를 달싹여 말을 알아들었다는 신호를 하고 걸음마를 시도했어요. 처음에는 오른발을 앞으로 내밀고, 다음에는 어떻게 하지? '이제 왼쪽 뒷다리.' 자연의 목소리가 충고했지요. '뒤쪽에 있는 발, 앞발 말고 뒷발! 어리석은 다셴카, 작은 발하나가 아직 뒤에 남아 있다는 걸 모르겠니? 봐라, 그걸 번쩍들 때까지는 나아갈 수가 없어. 아니, 저 뒷다리를 전진 방향으로 가져오란 말이야! 아니, 이건 다리가 아니잖니, 네 작은 꼬리지, 꼬리로는 걸을 수가 없단다. 꼭 기억해 둬라, 다센카, 꼬리 걱정은 할 필요가 없어, 그건 그냥 네 다리 뒤에서 따라 오는 거야. 그래, 이제 다리들은 교통 정리를 다 끝낸 거냐? 잘 했다! 그럼 다시 시작해 보자꾸나. 그 오른쪽 앞발을 앞으로 밀고, 머리는 조금만 높이 들고, 그래야 네 꼬마 다리들이 들어올 자리가 생기지 않겠니. 그래그래, 바로 그거야, 이제 왼쪽 뒷다리, 다음에 오른쪽 뒷다리(하지만 그렇게 네 몸 밖으로 멀리 내밀면 안 돼, 다센카, 몸 아래 오게 해야 해, 몸 아래에, 그래야 네 배가 땅에 끌리지 않지.) 그러니까 이제 왼쪽 앞발, 훌륭해! 얼마나 쉬운지 알겠지. 이제 조금 쉬고 다시 해 보자. 하나, 둘, 셋, 넷, 머리 똑바로 들고, 하나, 둘, 셋, 넷.'

2

자, 알겠죠, 이건 몹시 고된 훈련이 필요한 일이에요. 게다가 자연의 목소리는 맙소사, 정말이지 엄한 선생님이어서 하물며 강아지한테도 무엇 하나 공짜로 내려 주지 않으셨답니다. 아주 가끔은 자연이 어린 제비에게 나는 법을 가르치거나 애벌레에게 먹을 수 있는 잎과 못 먹는 잎을 구분하는 법을 가르치느라 다센카에게 구령을 붙여 줄 시간이 없었는데 그럴 때 자연은 숙제를 내 주곤 했어요.(예를 들어 개집 한쪽 구석에서 반대편 구석까지, 사선으로 가로질러 걷기 같은 숙제 말이에요.) 그러면 불쌍한 강아지는 혼자 남아 머리가 터지게 고민을 해야 해요. 다센카는 열의가 앞서 몰두한 나머지 혀를 쭉 빼물죠. 왼쪽 앞발…… 다음에 오른쪽 뒷발(젠장! 어느 쪽이 오른쪽이지, 이

53

쪽인가 저쪽인가?) ……다음에 또 다른 뒷발(어느 쪽이지?) ……
그다음엔 어떻게 해야 해? '가엾은 녀석.' 제비에게 비행을 가
르치느라 숨이 턱에 찬 자연의 목소리가 헐떡거리며 말했어
요. '보폭을 줄여야 해. 다센카, 머리를 똑바로 들고, 발은 예
쁘게 몸 안쪽에 두고…… 다시 해 보렴!' 자연의 목소리가 이
렇게 저렇게 해 주는 말이야 다 좋죠, 얼마든지 훈수를 두어도
되고요. 하지만 다리라는 게 실처럼 흐물거리고 젤리처럼 덜
덜 떨리는데, 이걸로 뭘 어떻게 한단 말이죠? 배는 이렇게 빵
빵하고 머리는 저렇게 큰데, 말처럼 쉽게 될 리가 없잖아요?
다센카는 잔뜩 풀이 죽어 개집 한가운데 주저앉아 낑낑 우는
소리를 냈어요. 그때 엄마 아이리스가 와서 어린 딸을 다독거
리고 젖을 주지요. 둘은 잠시 같이 눈을 붙이지만 다센카는 금
세 번쩍 일어나요. 숙제를 끝내지 못했다는 기억이 떠올라 힘
겹게 엄마의 등을 타고 넘어 개집 구석으로 갔죠. '잘했다, 다
센카.' 자연의 목소리가 칭찬해 줬어요. '그렇게 열심히 공부
하면 커서 바람처럼 날랜 개가 될 거야.'

　　강아지가 할 일이 얼마나 많은지 알게 된다면 아마 믿지
못할걸요. 걸음마를 배우지 않을 때는 잠자는 법을 배워야 하
고, 잠자기가 아니면 똑바로 앉는 법을 배워야 한단 말이에
요.(우리 친구들, 그건 그냥 어쨌든 웬만하면 되는 일이 아니에요. 게다
가 또 자연의 목소리가 채근한단 말이죠. '똑바로 앉아라, 다센카야, 머
리를 치켜들고, 허리를 그렇게 구부정하게 말지 말고. 저 멀리까지 내
다봐. 허리를 깔고 앉아 있다가 이제 다리를 깔고 앉아 있잖니, 그럼 꼬
리는 어디 갔지? 꼬리는 깔고 앉으면 안 돼, 알겠니, 그럼 흔들 수가 없
잖니.' 이런 식인 거예요. 만날 혼을 내고 있다고요.)

　　그런데 심지어 잠을 자거나 먹이를 먹으면서도 성장하는

일은 동시에 해야 하거든요. 날마다 강아지 다리는 조금씩 길어지고, 조금씩 강해지고, 목은 조금씩 더 쭉 펴지고, 작은 주둥이는 조금씩 더 궁금한 게 많아져요. 네 다리가 한꺼번에 자란다 치면 할 일은 산더미처럼 많아지겠죠. 그럴 때 강아지는 반드시 꼬리를 잊지 말고, 꼬리가 쥐꼬리처럼 볼품없이 남지 않고 같이 길어지고 강해지는지 잘 살펴야 한답니다.(폭스테리어는 반드시 몽둥이처럼 힘센 꼬리가 있어야 마땅하고 허공에서 바람 소리를 낼 정도로 세차게 휘두를 수 있어야 하니까요.) 게다가 강아지라면 반드시 귀를 쫑긋하고, 꼬리를 살랑거리고, 시끄럽게 짖고 하는 이런저런 일을 다 할 줄 알아야만 해요. 그래서 다셴카는 이런 재주를 모두 배워야 했죠. 벌써 녀석은 조막 발로 걸을 줄도 알아요. 정말이에요, 가끔 발 하나가 길을 잃으면 어디 있는지 몰라 헤매고 주저앉아서 발을 다시 찾은 후 네 발을 헤아려야 하지만요. 정말이에요, 가끔 몸을 홀랑 뒤집기도 하고요. 밀대처럼 빙글 뒹굴어 다시 처음으로 돌아와 시작할 태세를 갖추죠. 그러나 강아지의 삶은 말도 못 하게 복잡해요. 이젠 또 이가 나는 일을 시작해야 한다고요.

처음에는 이가 작은 알곡처럼 돋아나지만 자라면서 뾰족해져요. 이가 뾰족해질수록 다셴카의 마음도 깨물고 싶은 충동으로 바빠지지요. 다행히 세상에는 특별히 깨물기 좋은 물건들이 있어요. 이를테면 어미의 귀라든가 인간의 손가락이라든가. 흔치는 않아도 인간의 코끝이나 인간의 귓불도 쓸 만하죠. 어쩌다 깨물 수 있게 되면 신이 나서 즐겁게 갉작거리거든요. 엄마 아이리스의 신세는 더 딱하고요. 다셴카의 이에 온통 물리고 작은 발톱에 할퀴어져 찢어진 배를 안고도 아이리스는 충실하게 어린 짐승에게 젖을 먹이지만, 아파서 눈을 껌

벅이지 않을 수가 없었어요. 안 돼, 다셴카야, 어미젖은 이제 곧 끊길 거야. 또 다른 기술을 터득해야만 한단다. 그릇에 담긴 우유를 마시는 법을 배워야 해.

어서, 꼬마야, 여기 우유가 든 그릇이 있어. 뭐라고, 뭘 어떻게 해야 할지 모르겠다고? 자, 작은 코를 넣고 혀를 내밀어 하얀 물에 쑥 집어넣었다가 입안으로 홱 채어 오는 거야. 그러면 저 하얀 게 혀에 한 방울 붙어 들어올 거란다. 그러면 다시 똑같이 하면 돼. 그릇을 싹 비울 때까지 bis(다시), repete(반복해서), 그리고 da capo(처음부터 다시). 그렇게 바보 같은 얼굴 하지 마, 다셴카, 하나도 어렵지 않아. 그럼 시작해 볼까, allons(자)!

다셴카는 꿈쩍 않고 왕방울만 한 눈으로 꼬리만 흔들고 가만히 앉아 있네요.

아, 이런 바보, 다른 방법이 없다면 내가 네 멍청한 주둥이를 밀어서 우유에 처박아야 하잖니, 네 녀석이 좋아하든 말든 말이다, 이렇게 말이야! 다셴카는 급작스러운 처사에 넋을 잃고 말았어요. 주둥이와 수염이 우유에 푹 담가졌으니 어쩔 수 없이 핥아서 씻어야겠죠. 하지만 말해 뭐 하겠어요, 당연히 좋겠지요! 이제는 아무것도 다셴카를 말릴 수 없어요. 다셴카는 자발적으로 맛있는 하얀 물을 찾아 기어가서 머리와 앞발로 다 휘젓다가 우유를 땅에 흘리고, 네 발을 다 담그는 걸로 모자라 귀와 꼬리까지 적셨어요. 결국 엄마가 와서 다셴카를 깨끗이 핥아 씻겨야 했지만 이제 시작은 한 셈이지요. 채 며칠도 못 되어 다셴카는 번개처럼 빠르게 우유를 핥아먹게 되었고 그와 더불어 무럭무럭, 온실의 화초처럼, 아니 젖소 농장의 개처럼 자라나게 된답니다. 자, 그렇다면 어린이 여러분, 다셴카를 본받아서 열심히 잘 먹도록 해요. 그래서 어린이 여러분도 다셴카라는 유명한 강아지처럼 몸과 마음이 튼튼하게 자라나는 겁니다.

3

엄청나게 많은 물이 사방팔방 튀어 날아갔고, 특히나 무수한 오줌 웅덩이들이 흩뿌려졌어요. 다셴카는 이제 달달 떠는 꼬리가 달린 힘없는 덩어리가 아니고요, 제법 독립적이고 털북숭이에 호기심 많고 한시도 가만있지 못하고 먹성 좋고 파괴적인, 이빨과 발톱까지 갖춘 짐승이 되었답니다. 동물학적으로 보면 척추동물로 발달한 거예요.(등뼈가 있기는 하다는 뜻이에요.) 먹성 좋은 짐승 목, 안달복달 사방을 휘젓는 과, 누렁이 속, 검은 귀 회오리 종이에요.

다셴카는 마음 내키면 어디에든 가요. 온 집 안, 온 정원, 울타리까지 온 우주가 다셴카의 영역이에요. 이 우주에는 깨물어도 되는지, 나아가 먹어도 되는지 시험해 볼 물건들이 가득하답니다. 작은 오줌 웅덩이를 어디에 만들어 두면 제일 좋은지, 흥미진진한 실험을 해 볼 수 있는 신비의 방도 아주 많아요.(다셴카는 내 서재와 그 옆방들을 주로 골랐지만 간혹 식당이 더 좋다고 할 때도 있답니다.) 그 밖에도 무엇을 깔고 자면 제일 좋은지 찾아내야 하고요.(특히 행주를 깔고 자는 걸 좋아하죠. 아니면 사람 품 안에서, 꽃밭 한가운데서, 빗자루 위에서, 방금 다린 리넨 위에서, 바구니 속에서, 장바구니에서, 염소 가죽을 깔고, 내 슬리퍼 위에서, 온상에서, 쓰레기통에서, 매트에서, 심지어 마룻바닥에서 잘 때도 있어

요.) 어떤 건 아주 좋은 장난감이 돼 주죠. 이를테면 계단이 있
는데요. 머리부터 굴러 내려올 수 있거든요.(코로 떨어지면 다셴
카는 아주 나쁜 징크스라고 여겨요.) 위험하고 아예 가늠이 안 되
는 사물들도 있어요. 문처럼요. 문짝은 다셴카가 생각조차 못
하고 있을 때 머리를 쾅 때리거나 앞발이나 꼬리를 찧는단 말
이에요. 그럴 때면 다셴카는 창에 찔리기라도 한 듯 비명을 지
르고 사람이 친절하게 안아 주면 품 안에서 한참 흐느껴 울어
요. 그러고 나면 위로받기 위해 뭔가 맛있는 걸 얻어먹고 또
계단에서 굴러 내려오는 놀이를 하러 가죠.

심각한 안전사고에도 불구하고 다셴카는 자기한테 나쁜
일 같은 건 일어나지 않는다는 확신에 차 있고, 그 작은 강아
지 머리 위에 걸린 위험성 같은 것도 없죠. 다셴카는 빗자루의
길을 떡 막고 앉아서 당연히 빗자루가 알아서 비켜 갈 거라 믿
어 의심치 않아요. 실제로도 대개는 그렇죠. 일반적으로 다셴
카는 털이 달린 물건에 일종의 동료애를 느끼는데요. 빗자루
도 그렇고 (소파에서 뽑아내는) 말총도 그렇고, 친밀하게 접촉
하는 사람들의 머리카락까지도요. 다셴카는 인간의 신발 앞
에 버티고 서서 꿈쩍도 하지 않아요. 강아지 앞길을 막지 않고
알아서 비키는 게 인간의 할 일 아니던가요, 내 말 맞죠?

우리 집 안에 사는 생물은 모두 공중에 떠서 다니거나 살
얼음을 밟듯 조심스럽게 발을 내려놓아요. 언제 구두 밑에서
다셴카가 아파 죽겠다고 울부짖을지 모르거든요. 우리 친구
들, 그런 강아지 한 마리가 얼마나 널찍한 공간을 차지하는지
아마 못 믿을 거예요. 다셴카는 어떤 상황에서도 악의나 교활
한 잔꾀, 이 세상의 덫에 눈길을 주지 않아요. 정원의 물탱크
에 머리부터 풍덩 뛰어든 게 벌써 세 번이나 되는데요. 자기가

신나게 뛰어 놀 수 없는 곳이 이 세상에 있다는 생각 자체를 하지 못했기 때문이라니까요. 매번 그러고 나면 따뜻하게 수건으로 꼭 감싸주고, 위로의 뜻으로 인간이 코끝을 내밀어 줬거든요. 그래서 이 세상에 존재하는 만물 중에서 제일 깨물기 좋은 것을 물어 대며 충격을 극복할 수 있었답니다.

4

그래도 이야기할 때는 순서를 정리해야겠죠. 그러니까

1. 다셴카가 해야 할 중요한 일은 달리기예요. 정말이지, 이건 이미 힘겹게 부들부들 첫발을 떼는 수준이 아니라 달리고 성큼성큼 뛰고 펄쩍펄쩍 도약하고 멀리뛰기, 높이뛰기, 줄행랑 놓기, 추적하기, 전력 질주, 돌진, 쇄도, 9미터까지 스퍼트처럼 고도의 체육 훈련 수준이거든요. 그 밖에도 코부터 떨어지기, 뒤로 나자빠지기, 머리부터 떨어지기, 일이 회의 완벽한 공중제비 넘기 같은 다양한 낙법도 구사하고 장애물을 두거나 핸디캡을 걸고(이를테면 입에 행주를 물고 뛴다든가) 출발하기도 했고 기타 여러 가지 구르기, 재주넘기, 뒤돌아 뛰기, 회전, 단거리 질주, 옆돌기, 추격, 쇄도와 도망, 실제로 개가 할 만한 가벼운 체육은 빠짐없이 다 했거든요. 이 주제와 관련해서는 자기희생적인 엄마가 교습을 맡았어요. 엄마가 정원에서 화단이며 다른 장애물을 넘어 추격전을 벌이고 털북숭이 쏜살처럼 날아가면 다셴카는 그 뒤를 영차영차 힘내서 따라가지요. 엄마가 원을 그리면, 아직 뭐가 뭔지 모르는 아기 강

아지는 냅다 눈이 휘둥그레질 정도의 옆돌기를 선보이죠. 안 그러면 정지하는 법을 모르거든요. 또는 엄마가 다셴카를 꽁무니에 달고 원을 그리며 돌아요. 하지만 다셴카는 아직도 원심력이 뭔지 모르기 때문에 (강아지들은 물리를 나중에 배우거든요.) 원심력에 허공으로 내던져져서 눈부신 공중제비를 하게 되죠. 이런 체육 시범을 하나씩 마치고 나서 다셴카는 놀라 넋이 나간 채로 꼬리를 깔고 앉아요.

진실을 말해 드리자면, 요런 강아지는 아직 제 몸을 제 마음대로 쓸 줄 몰라요. 아주 조금씩 한발 한발 디디려 해도 투석기에서 발사된 것처럼 펄쩍펄쩍 앞으로 튀어 나간단 말이죠. 뜀뛰기를 하려고 하면 총알처럼 팽그르르 돌아요. 아이들은 조금씩 과장하길 좋아하잖아요. 사실 다셴카는 달리지 않아요. 자동으로 돌진하지요. 뜀뛰기를 하지도 않아요. 이리저리 내팽개쳐질 뿐이죠. 다셴카의 속도는 기록적이에요. 삼 초만에 화분들을 다 뒤엎고 온상에 머리부터 처박고 떨어져서 선인장 묘목을 모조리 망가뜨리면서 동시에 꼬리를 예순세번 뱅뱅 돌릴 수 있다니까요. 어디 누구든 다셴카를 한번 따라 해 보라고 하세요!

2. 갉아먹기. 이것도 역시 다셴카가 해야 할 일 중에서 가장 중요하답니다. 다셴카는 한마디로 아무거나 닥치는 대로 깨물어 찢어발기는데, 특히 등나무 가구, 빗자루, 카펫, 배관 이음새, 슬리퍼, 내 면도솔, 사진기, 성냥갑, 끈, 꽃, 비누, 옷, 특히 단추를 좋아하지요. 이런 게 근처에 없으면 자기 다리나 꼬리를 갉작거리는데, 그것도 아파서 비명을 지를 정도로 열심히 깨문답니다. 갉작거리는 일에 다셴카는 몹시 끈질기게

매달립니다. 카펫 한쪽 귀퉁이와 펠트 조각 테두리를 다 갉아 없앴거든요. 그런 작은 동물치고 대단히 존경할 만한 위업임을 인정하지 않을 수 없지요. 다셴카가 행동을 시작하고 단시간에 모조리 갉아 없앤 물건을 나열하자면……

	파운드	실링	페니
등나무 가구 한 세트	3	5	0
소파 커버 한 세트	4	12	8
좀 낡은 카펫 한 점	8	10	0
부분적으로 낡은 펠트 조각 한 점	9	3	7
정원용 호스 한 개	1	5	0
솔 한 개		2	3
방수용 덧신 한 켤레		2	10
슬리퍼 한 켤레		4	6
기타 이것저것	2	14	1
총	29파운드 19실링 11페니		

(부탁인데 이것 좀 확인해 주실래요?) 그렇다면 순종 와이어 헤어드테리어에 드는 비용은 낮게 잡아 29파운드 19실링 11페니쯤 된다는 말이 되지요. 같은 평가 기준에서 아프리카 사자는 값이 얼마나 나갈지 상당히 궁금해지네요.

가끔 집 안에 아주 이상한 정적이 내려앉을 때가 있어요. 다셴카가 어디 구석에서 거품처럼 조용히 가라앉아 있는 거예요. 그럴 때면 하나님, 감사합니다, 한숨이 절로 나오죠. 그

못 말리는 강아지가 잠이 들었나 봐요, 적어도 잠시 쉴 수 있 겠어요…… 하고요. 그런데 잠시 후에 그 정적은 약간 의심스 러워져요. 대체 왜 다셴카가 그렇게 조용한지 반드시 직접 가 서 확인해 봐야 하죠. 다셴카는 의기양양하게 일어나면서 꼬 리를 흔들어요. 녀석 밑에는 뭔가가 갈가리 찢어진 조각이 산 더미처럼 널려 있는데, 원래의 형체를 알아보기 불가능한 몰 골이죠. 내 생각에는 한때 솔이었던 것 같아요.

3. 다른 훈련도 중요성에서 둘째가라면 서러워요. 이를테 면 줄다리기가 그렇죠. 이 경우에는 엄마 아이리스가 보통 도 움을 주는데요. 어린 강아지들은 잡아당길 밧줄이 없어서, 그 냥 아무거나 잡히는 대로 써요. 모자, 양말, 신발 끈, 여타 유용 한 물건들이 있지요. 예상할 수 있겠지만 엄마는 다셴카를 잡 고 정원 구석구석을 끌고 다녀요. 하지만 다셴카는 항복하지 않고 이를 악물고 눈이 튀어나올 정도로 힘을 쓰며 밧줄이 끊 어질 정도로 이리저리 끌려다녀요. 엄마가 근처에 없을 때에 도 혼자 연습할 수 있고요. 예를 들어 말리려고 넣어놓은 빨래 나 카메라, 꽃, 전화 수화기, 커튼, 파이프 연결부 같은 걸 쓰 면 되니까요. 인간의 집에는 별별 이상한 물건들이 다 있어서 얼마든지 이빨과 근육의 힘을 시험하고 끈기와 스포츠맨십을 기를 수 있답니다.

4. 본격 스포츠로 들어가면, 그레코로만 개싸움이 심화 과 정에 해당되는데, 다셴카가 가장 좋아하는 운동이었어요. 보 통 다셴카는 화려하고 맹렬하게 엄마에게 몸을 던져 코와 귀 와 작은 꼬리를 깨물거든요. 엄마는 적수를 홱 털어 내고 목덜

미를 물어요. 그러면 소위 인파이트가 시작되고, 그때부터 두 챔피언은 링에서 구르고(대개 잔디밭이지요.) 문득 털 뭉치에서 불쑥 튀어나오는 괴상한 수의 앞발 뒷발 말고는 아무것도 보이지 않아요. 털 뭉치는 가끔 울부짖는 소리를 내고, 가끔은 꼬리가 득의양양하게 휘둘러지기도 하죠. 두 선수는 짐승처럼 으르렁거리고 네 발로 상대를 짓밟는데, 그러다 아이리스가 벌떡 일어나 쏜살같이 정원을 세 바퀴 돌면 맹렬한 다셴카가 그 뒤를 바짝 쫓아가요. 그러다 처음부터 경기가 다시 시작되지요. 물론 엄마는 시범 경기만 할 뿐 정말로 물지는 않아요. 하지만 경기가 달아오르면 열기에 휩쓸린 다셴카는 온 힘을 다해 엄마를 찢고 할퀴고 깨문단 말이에요. 불쌍한 아이리스는 싸울 때마다 털이 뭉텅이로 빠져요. 엄마가 너덜너덜 할퀸 상처가 많아질수록 다셴카는 더 훌쩍 자라고 튼튼해지고 털도 많아지지요. 그럼요, 아이들은 골칫덩이지요, 엄마라면 누구나 같은 생각일걸요.

가끔 엄마는 휴식을 취하고 싶어 앞날이 창창한 딸과 거리를 둡니다. 그러면 다셴카는 빗자루와 씨름을 하고 행주와 악에 받친 전투를 벌이거나 맹렬하게 인간의 발을 공격하지요. 손님이 오면 다셴카는 번개처럼 손님의 바지에 돌진해 바짓자락을 찢습니다. 손님은 얄궂은 표정을 하고 마음속으로 생각하죠, '썩 꺼져.' 하지만 말로는 자기가 개들을 아주 좋아한다고 나를 위로합니다. 특히 바짓자락에 매달리는 개가 예쁘다고 말하죠. 또는 손님 구두에 달려들어 신발 끈을 잡아당기거나요. 채 다섯을 세기도 전에 끈을 홱 풀어 버리거나 갈가리 찢어 버릴 수도 있답니다. 그러고 나면 몹시 즐거워하지요.(손님이 아니라 다셴카요.)

5. 그 밖에 다셴카는 리듬체조와 팔다리 운동을 아주 좋아한답니다.(뒷발로 귀 뒤나 턱 밑을 긁는다든지 털 속에 든 가상의 벼룩을 깨문다든지) 그리고 이런 운동은 기품과 유연성, 전반적인 곡예술을 증진하는 데 큰 도움이 된답니다.

아니면 화단에서 척후 훈련을 하기도 하지요. 쥐잡이로 유명한 테리어의 후손이므로 구멍에서 쥐를 파내는 법을 배우거든요. 나는 가끔 그 녀석이 파고 들어간 구멍에서 잡아당겨 꺼내야 할 때가 있는데요. 다셴카 녀석은 신이 나는 눈치지만 나는 사실 뜨악합니다. 미안하지만 백합꽃이 피어나야 할 곳에 강아지 꼬리가 쑥 올라와 있으면, 조금 뭐랄까요, 짜증이 난단 말입니다. 내가 보기에는 아무래도, 다셴카야, 우리가 더는 너를 참아 주지 못할 것 같구나. 만사 괜찮지만 이제 너는 우리 집을 떠날 때가 된 것 같다. '맞는 말이야.' 어미 아이리스도 생각에 잠긴 눈빛으로 말하네요. '계속 저 여자애를 데리고 있을 수는 없어. 보라고, 인간, 내 몰골이 어떤지 좀 보란 말이야. 너덜너덜 여기저기 찢어져서 봐 줄 수가 없잖아. 새로 털갈이를 싹 할 때가 됐어. 그리고 여기 좀 봐. 내가 여기 취직한 지 5년째인데 말이야. 모두 말도 안 듣는 그 녀석을 토닥토닥하며 내겐 눈길도 주지 않는 꼴을 보고 있자니 기운이 쭉 빠져. 솔직히 나는 먹이도 필요한 만큼 먹지 못하는 지경이란 말이야. 개는 제 먹이를 다 먹고 나면 내 접시로 또 온다고. 아니야, 됐어, 인간. 저 녀석도 이제 어디 가서 취직할 때가 됐어.'

그래서 낯선 사람들이 와서 가방에 다셴카를 넣어 데리고 가는 날이 오고야 말았지요. 우리는 내내 다셴카가 얼마나 훌륭하고 멋진 강아지인지, 얼마나 버릇도 잘 들고 심성도 순한지 열심히 또 열렬히 장담하고 또 장담했답니다.(바로 그날만 해도 다셴카는 온실 창문을 깨고 꽃밭의 글라디올러스들을 모조리 다 파내고 꺾었지만요.) 아무튼 전반적으로 볼 때, 다셴카만 한 강아지는 어디에도 없다고요. 그러니까 다셴카, 네게 하나님의 축복이 있기를, 착하게 굴어야 한다.

집 안에는 축복과 같은 정적이 깔려 있습니다. 그 빌어먹을 강아지 녀석이 무슨 장난을 치고 해코지를 할지 두려워할 필요가 이젠 없으니까요. 이제 가 버렸다니 정말 얼마나 홀가분한지요! 하지만 불현듯 집안에 죽음처럼 느껴지는 무언가가 깔립니다. 아니, 이게 대체 뭘까요? 사람들은 눈길을 마주치지 않으려고 서로 피합니다. 모퉁이만 보이면 눈길이 절로 가지만 아무것도 없네요. 흥건하게 싸 놓은 오줌 웅덩이 하나 찾아볼 수 없어요.

개집 안에서는, 몸이 너덜너덜해지고 지쳐 빠진 엄마 아이리스가 눈을 껌벅이며 말없이 울고 있어요.

강아지 사진을 찍는 법

대놓고 말씀드리죠. 잘 찍을 수가 없습니다. 게다가 강아지와 사진사 모두에게 고도의 인내심이 필요합니다.

접시에 담긴 우유를 먹고 있는 애틋한 모습의 강아지한테 한 줄기 햇빛이 내리비친다고 가정해 보세요. 강아지의 삶에 있어 감동적인 이 한 장면을 카메라로 영원히 남겨 두기 위해 황급히 달려갑니다. 물론 카메라를 가지고 돌아올 시간도 주지 않고, 접시는 싹싹 비워지겠지요. "어서, 빨리, 다셴카 먹이 접시를 채워 주세요." 사진 기사는 이렇게 명령하고 적절한 전문가적 능력을 발휘해 기기를 조절하고 이미지의 초점을 맞추는데, 그사이 다셴카는 영웅적으로 두 번째 접시를 비우기 시작하지요.

"자, 아주 사랑스럽구나." 사진사는 흥분해서 말하다가 바로 그 순간 카메라에 필름을 넣는 걸 깜박 잊었음을 깨닫게 됩니다. 사진사가 필름을 갈기도 전에 다셴카는 두 번째 접시에 담긴 우유를 다 핥아 버립니다. "한 접시 더 줘요." 사진사가 명령하며 재빨리 포커스를 잡습니다. 하지만 다셴카는 더는,

절대로 우유를 먹지 않겠다고 굳게 마음먹었습니다. 이제 안 먹습니다. 설득하려 해 봤자 아무 소용 없어요. 코를 우유에 처박아도 아무 소용이 없어요. 안 먹겠다면 안 먹는 겁니다! 사진사는 한숨을 쉬고 카메라를 챙겨 집을 돌아가지요. 그러면 다센카는 승리를 의식하며 이제야 세 번째 접시에서 우유를 핥아 싹싹 반짝반짝 윤이 나게 먹어 치워요.

좋습니다, 그러면 다음에는 더 준비를 잘해서 미리 카메라를 준비하는 수밖에요. 만세, 이제 다센카가 여기저기 사방팔방 쫓아다니다가 아주 잠깐 앉네요. 이제 빨리 초점을 맞추고…… 셔터를 누르는 순간 강아지는 펄쩍 뛰고 이미 온데간데없습니다. 셔터가 찰칵하는 소리가 나면 어김없이 펄쩍 뛰어 백분의 일 초 만에 저 멀리 사라지는 것이죠.

이런 식으로는 될 일이 아니니 다르게 접근해야 합니다. 사진사가 초점을 잡는 사이 이웃집 사람 두 명이 다센카 옆에 서서 가만히 앉아 있으라고 동화를 들려줍니다. 하지만 다센카는 하필 지금은 동화를 들을 기분이 아니라며 엄마를 쫓아가고 싶어 해요. 아니면 양지에서 해를 받아 뜨겁다며 칭얼거리기 시작하고요. 아니면 결정적인 순간에 엄청난 속도로 접시에 머리를 처박아서 하얀 강아지가 아니라 하얗게 번진 얼룩만 찍히게 되는 식이죠. 필름을 망치고 나면 다센카는 조용해져서 쥐처럼 가만히 앉아 있지요.

오 초만 가만히 앉아 있으라고 우리가 손으로 살짝 때리면, 녀석은 귀신들린 것처럼 부들부들 떨어요. 고기 한 덩어리를 뇌물로 주면 번개처럼 한 입 삼킨 후 어찌나 민첩하게 달려들어 또 먹으려 하는지 역시 아무 소용이 없고요. 한마디로 소용이 없단 말입니다. 친구 여러분, 강아지 재주를 찍느니 차

라리 낭떠러지에 떨어지는 장면이나 하늘의 번개를 촬영하는
게 수월합니다. 이런 얘기를 들려 드리는 건 멀쩡하게 찍힌 몇
장 없는 사진들이 얼마나 굉장한 행운의 소산인지 말씀드리
고 싶어서예요. 석탄 통에서 주먹만 한 다이아몬드를 찾아내
는 행운에 필적하는 수준이란 말입니다. 솔직히 나는 그런 다
이아몬드를 찾아본 적은 없지만, 그런 뜻밖의 일이 일어나면
틀림없이 굉장히 기분이 좋을 거예요.

　　이렇게 사진을 가지고 놀 때 가장 매혹적인 대목은 강아
지가 나오기 시작할 땝니다.(그러니까 암실에서, 현상액 속에서 나
오는 것 말입니다.) 제일 먼저 꼬질꼬질한 주둥이가 빼꼼 튀어
나오고 다음에 까만 눈이 반짝거리고 다음에는 까만 귀가 나
와요. 하지만 꼬마 강아지에게 딱 어울리게, 제일 먼저 코부터
사진으로 꼬물꼬물 기어들어 온단 말이죠.

　　짧게 말해 카메라가 있으면 강아지를 준비하라는 말씀입
니다. 강아지가 있으면 카메라를 준비하고 운을 시험해 보시
고요. 짜릿하게 흥분되는 일입니다. 수줍은 얼룩말이나 벵갈
호랑이를 사냥하는 것보다 신나고 짜릿하다니까요. 이제 나
도 더는 말하지 않고 입을 다무는 게 좋겠어요. 가서 몸소 알
아보시도록 말이지요.

다셴카한테 가만있으라고 들려주는 동화

1 강아지 꼬리 이야기

자, 들어 봐, 다셴카. 잠깐만 가만히 앉아 있으면 옛날이야기를 들려줄게. 무슨 얘기냐고? 글쎄다, 그러고 보니 개 꼬리 이야기가 좋겠구나.

자, 옛날 옛적에 작은 강아지가 살았는데, 이름은 폭시였대. 어떻게 생겼는지 아니? 온몸이 하얗고 귀만 까맸는데 눈은 마노처럼 검고 코는 무연탄 같은 색깔이었지. 그리고 진짜 순종 테리어라는 증표로 입천장에 꼭 너 같은 까만 반점이 있었단다. 봐라, 넌 그것도 몰랐지. 언제 네가 입을 동굴처럼 벌리고 하품을 할 때 내가 거울에 비춰 보여 줄게. 그리고 녀석 꼬리는 얼마나 길었냐면, 글쎄 품종의 족보만큼이나 길었단다. 그리고 그 꼬리를 어찌나 잽싸게 휘둘렀는지 튤립 봉오리가 다 잘릴 정도였어. 다셴카야, 그런 짓은 하면 안 되는 거지만, 그 애의 꼬리 힘이 얼마나 셌는지 몰라.

꼬마 강아지 폭시는 위대한 영웅이라서 아무도 두려워하

지 않았단다. 착한 사람이나 손님은 깨물지 않았어. 그런 짓은 하면 안 되잖아, 너도 알지. 하지만 강도라든가 뭐, 그런 안 착한 사람 소리가 들리면 달려가서 한입에 잡아먹어 버렸지. 목을 물고 막 흔들어서 끝장을 내 버렸단 말이야. 그러다 어느 날 폭시는 끔찍하게 잔인한 용이 산속 험준한 개집 아니 굴에 살고 있다는 이야기를 들었어. 용이 어떻게 생겼는지 아니? 용은 머리가 일곱 개 달린 사악하고 불쾌한 암캐인데 동물과 인간과 심지어 작은 강아지까지 잡아먹는단다. 생각해 봐, 머리가 일곱 개나 있으면 얼마나 먹이를 많이 싹싹 쓸어 먹을 수 있겠니? 그런데 폭시는 그렇게 무서운 용을 한입에 잡아먹으려고 나선 거야. 정말 그런 일을 해냈느냐고? 네 생각은 어떠니? 당연히 해냈지. 네가 엄마한테 그러듯 팔짝 뛰어올라 귀를 물었고, 용은 울부짖으며 도망갔단다. 폭시는 그런 영웅이었어.

두 번째로 폭시는 무서운 거인을 해치우러 떠났는데, 멀리 이슬링턴에 살고 있었어. 그 거인은 인간과 개를 잡아먹는 것으로 유명했고 내커라는 무시무시한 이름을 갖고 있었지. 폭시의 목에는 개의 표식이 있었기에 폭시는 거인이 두렵지 않았어.(그 표식은 일종의 마술 부적으로 어린 강아지에게 어마어마한 힘을 주거든. 그래서 점잖은 개는 누구나 개의 표식을 지니고 다니지.) 그런데 어떻게 됐을 것 같니, 폭시가 해치웠을 것 같아? 그랬단다. 거인의 다리로 돌진해서 바지를 찢어 버렸어. 그리고 거인 내커는 폭시의 목에 있는 마법의 개 표식을 보고, 입에서 유황 냄새가 날 정도로 무시무시하게 울부짖더니 도망쳐 버렸단다. 너 기분이 좋구나, 맞지?

그리고 행운의 세 번째 원정에, 이 용감한 폭시는 다름 아닌 타르타르 칸을 대적하러 떠났어. 펠리컨이라고도 불리는 타르타르 칸은 저기 블룸스버리에 살고 있었지. 폭시는 처음 타르타르를 보고 맹렬하게 짖었어. 타르타르 펠리컨은 겁을 먹은 나머지 심장이 장화까지 내려앉고 말았지. 어찌나 덜덜 떨었는지 안경을 찾지도 못했다니까. 그리고 안경이 없어서 앞이 잘 보이지 않아서, 타르타르 칸은 폭시가 용감하게 꼬리를 휘두르는 걸 보고 무슨 장검이나 단검을 휘두르는 줄 알았지 뭐야. 그래서 타르타르 칸은 치명적인 칼을 뽑아 폭시의 꼬리에 맞서 싸우기 시작했고, 그만 그 비열한 짐승의 손에 폭시의 꼬리 끝이 잘리고 말았어. 폭시는 물론 심하게 동요했지만 꼬리는 그냥 버려 두고 털을 빳빳하게 곤추세운 후 타르타르의 정강이를 깨물었단다. 하지만 타르타르의 심장이 장화까지 내려앉아 있어서 폭시는 심장을 정통으로 물 수 있었지. 그래서 타르타르는 그 자리에 쓰러져 죽었고 다시는 볼 수 없는 존재가 됐어.

피에 굶주린 타르타르에게 거둔 그 유명한 승리의 영원한 기억에 바쳐서, 용맹무쌍한 테리어 폭시의 순혈 직계 후손들은 모두 꼬리 끝이 잘려 있어. 그래서 다셴카야, 너도 때가 되면 꼬리 끝을 잘라야 한단다. 약간 아픈 건 사실이야. 하지만 솜씨 좋게 해 줄 거야.

자, 이제 끝났다. 가만있어 줘서 고맙단다.

2 테리어가 땅 파는 이유

이리저리 뒤채지 말고 착하게 앉아 있어라, 다셴카. 초점만 맞추면 이내 셔터를 누를 테니까. 금방 끝날 거야. 그사이에 옛날이야기를 하나 들려줄게. 어디 보자, 테리어들이 왜 땅을 긁어 대는지 얘기해 줘야겠다. 사람들은 테리어들이 거기서 쥐를 찾는 거라고 하지. 뭐라고! 너도 쥐 때문이라고 생각한다고? 넌 생쥐를 본 적도 없잖아. 그런데도 이 장난꾸러기, 네가 화단을 긁고 파 대잖니. 그런데 네가 왜 그러는지 아니? 모르지. 그러니까 내가 말해 줄게.

모든 참된 폭스테리어의 아버지인 영웅 폭시가 타르타르와의 싸움에서 꼬리를 잃은 이야기는 내가 벌써 해 줬잖니. 맹폭한 칸을 쓰러뜨린 후 폭시는 땅에서 이름 높은, 영웅적인 자기 꼬리 끄트머리를 발견했지. 그리고 고양이들이 한때 자기 꼬리였던 물건을 장난감 삼는 게 싫어서 땅속 깊이 파묻었단다. 그러니까 착하게 앉아 있어, 이 안달복달 못 하는 녀석아.

그 후로 모든 훌륭한 폭스테리어들은 위대한 선조의 영웅적 업적을 자랑스러워하며 이를 기려 꼬리를 짧게 자르기로 했지. 그러나 긴 꼬리를 달고 다니는 닥스훈트들은 그 영광스러운 대모험이 부러워서 사악한 말들을 퍼뜨리며 그건 사실이 아니라고 짖어 댔어. 현대의 역사 연구에 따르면 타르타르와의 싸움 같은 건 없었고, 애초에 폭시라는 테리어의 아버지도 칸이라는 펠리컨도 없었다고 말이야. 닥스훈트들은 그건 다 꾸며낸 이야기에 불과하고 역사적 근거도 없다고 했어.

와이어헤어드테리어들이 이런 무례한 짓거리를 가만히 앉아서 보고 있었을 리가 없다는 건 너도 잘 알겠지. 그래서 테리어들은 폭시의 모험담이 신성한 진실이고 그 증거가 바로 짧게 잘린 자기네 꼬리라고 짖어 댔어. 그러나 닥스훈트들은 사악한 고집불통이었지. 누구든지 마음만 먹으면 꼬리를 짧게 자를 수 있고 슬로언스퀘어에 가면 심지어 꼬리가 잘린 수고양이도 보인다고 말이야. 그러더니 용건만 말하자면 위대한 영웅 폭시의 잘린 꼬리를 직접 봐야 믿겠다고 한 거야. 폭스테리어들이 고귀한 선조의 성스러운 유물을 찾아서 영광스러운 기원을 입증해 보라고 말이야.

그래서 다셴카야, 폭스테리어들은 그때부터 어딘가 땅속 깊이 묻혀 있는 선조의 꼬리를 찾게 됐어. 닥스훈트들이 비웃었던 기억이 떠오를 때마다 테리어들은 열심히 땅을 파면서 주둥이를 흙에 처박고 냄새를 맡으며 선조의 꼬리가 거기 파묻혀 있는지 찾는 거야. 현재까지도 그 꼬리는 못 찾았지만 언젠가는 반드시 찾을 거야. 그때가 되면 거대한 대리석 능을 지어서 금박으로 글을 새길 거야. 카우다 폭시(Cauda Foxii), 폭시의 꼬리라고.

그런데 있잖아, 다셴카, 너희 폭스테리어에게서 우리 인간들이 아이디어를 얻어서 우리도 땅을 파 대고 있단다. 우리는 유골을 안치한 단지들이나 고대 인간의 해골을 찾아서 박물관에 보관해. 아니야, 다셴카, 이런 뼈는 깨무는 게 아니야, 보기만 하는 거야.

3 폭스 이야기

잠깐만 가만히 앉아 있으면 내가 폭스 이야기를 해 줄게, 다셴카야.

폭시는 역사상 최고로 위대한 폭스테리어였지만 이 지구에 처음으로 살았던 폭스테리어는 아니었어. 조물주가 처음

만든 폭스테리어는 폭스라는 이름에, 온몸이 아주 작은 얼룩 하나도 없이 새하얀 색이었지. 낙원을 위해 창조되어 천사들의 무릎에서 편안히 노닐어야 하니까 당연히 신부처럼 순백색이어야 하겠지. 낙원에서 뭘 먹었느냐고? 그러니까 크림과 치즈였지. 고기는 없었고. 천사들은 육류는 먹지 않거든. 그리고 폭스는 다른 폭스테리어들이 다 그러듯 장난기도 많고 잠시도 가만있지 못했어. 그래서 낙원 밖으로 쉬를 하러 나가면…… 저런! 무슨 생각을 한 거냐. 낙원에서는 작은 오줌 웅덩이를 만들고 다니면 안 되거든. 예의에도 어긋나. 심지어 집 안에 있을 때도 그러면 안 된단다. 꼭 명심하고 오줌이 마려우면 낙원 문 앞에서 땅을 파서 의사를 표명한 폭스를 본받아야 한다. 잠깐만, 내가 어디까지 얘기했더라? 아, 그 폭스는 하루에 몇 번씩 낙원 밖으로 나가곤 했어. 그러다 기운이 넘쳐 나는 느낌이 들어 악마들과 놀기 시작했단다. 모르긴 몰라도 악마들이 다른 종 개라고 생각했을 거야. 천사들한테는 날개밖에 없지만 악마들은 꼬리가 달려 있으니까. 폭스가 어떻게 악마와 놀았느냐고? 풀밭에서 같이 뛰어다니고 악마 꼬리를 깨물고 땅에서 같이 구르고 뭐, 그런 재주를 넘으며 놀았단다. 그러다 다시 낙원 문 앞에서 들여보내 달라고 짖는데, 그때는 이미 흙 때문에 털가죽에 갈색 얼룩이 생기고 악마한테 몸을 문지른 부분에 까만 얼룩이 생겨 있었지. 그 후로 폭스테리어들은 검은색 갈색 얼룩이 생겼단다, 알겠지?

그리고 친구인 악마가, 아주 작은 악마, 악귀, 도깨비, 한마디로 악마 새끼가 폭스에게 이런 말을 했어. "폭스야, 나 잠깐 구경만 하고 낙원이 어떤 곳인지 보고 싶어. 제발 나 좀 같이 데리고 들어가 줘!"

"그래선 안 돼." 폭스가 말했지. "그럼 나를 들여보내 주지 않을 거야."

"그럼 이렇게 하자." 그 악마는 말했어. "나를 네 입안에 넣고 몰래 들어가는 거야. 네 입안은 아무도 보지 않을 거야."

심성이 착했던 폭스는 꼬임에 넘어가서 그 악마를 입안에 넣고 슬쩍 낙원으로 데리고 들어갔어. 티를 덜 내려고 폭스는 활달하게 꼬리를 살랑거렸지. 그러나 물론 조물주의 눈은 숨길 수가 없었어. "얘들아, 얘들아." 조물주는 말했어. "여기 누군가 몸 안에 악마를 숨기고 있는 것 같구나."

"저는 아닙니다, 저는 아니에요!" 천사들이 모두 외쳤지만 폭스는 악마가 입 밖으로 날아서 나올까 봐 아무 말도 하지 않았어. 그냥 멍! 하고 짖고 재빨리 다시 입을 다물었을 뿐.

"그래 봤자 소용없다, 폭스." 조물주가 말했어. "안에 악마를 품고 있으면 천사와 함께 살 수가 없단다. 가서 인간과 함께 살아라."

다센카, 그때 이후로 모든 폭스테리어는 속에 작은 악마를 품게 되었고 입천장에는 악마가 남긴 까만 반점이 생겼단다. 이게 결말이야. 이제 후다닥 도망가도 된다.

4 알리크 이야기

여기 좀 봐라, 다센카야, 오늘은 문간에 잘 앉아서 착하게 굴고 있는 네 사진을 찍으려 해.

자, 옛날에 알리크라는 폭스테리어가 살았대. 멋진 하얀 털에 귀는 아름다운 갈색이었고 등에는 작은 깔개 같은 훌륭한 검은 반점이 있었지. 이 알리크는 꽃과 나비와 쥐들이 가득한 아름다운 정원에 살았어. 그리고 그곳에는 분홍색과 흰색 수련이 피어 있는 수조가 있었지만 알리크는 어떤 사람들처럼 바보나 장난꾸러기가 아니라서 수조에 빠지는 법이 없었어.

어느 무더운 날 비바람이 닥쳐왔어. 그리고 너도 알다시피 모든 개는 비 오기 전에 풀을 뜯어 먹으니까 알리크도 풀을 뜯어 먹었단다. 그런데 무슨 일이 벌어졌는지 아니? 그 풀 사이에 라틴어로 '미라쿨로사마지카'라고 불리는 마법 식물의 풀잎이 하나 들어 있었던 거야. 그런데 알리크는 아무것도 모르고 그 풀잎을 갈가리 찢어서 먹었단다. 그 순간 알리크는 갈색 곱슬머리에 등에 근사한 검은 반점이 있는 아주 아름다운 왕자님으로 탈바꿈했지. 하지만 자기가 이제 개가 아니라 마술에 걸려 왕자님으로 변했다는 생각은 꿈에도 하지 못하고 알리크는 뒷발로 귀 뒤를 긁으려고 했어. 그러다 그제야 자기 발에 황금 구두가 신겨져 있다는 걸 알아차렸지. 그런데 잠깐만, 다셴카!

(여기 이 가장 스릴 넘치는 순간에 다셴카는 듣기를 멈추고 제비를 잡으러 달려가 버렸다. 덕분에 알리크에 대한 동화는 끝을 보지 못했고, 결말은 나지 않았다.)

5 도베르만 이야기

꼬리를 잘리는 다른 개들도 또 있는 게 사실이야, 이를테면 도베르만이라든가. 그런데 너도 도베르만이 어떻게 생겼는지 알고 있지, 안 그러니? 도베르만은 까만색이나 갈색의 험상궂은 개인데 다리가 길고 꼬리가 몸에 바짝 붙을 정도로 짧게 잘려 있단다. 하지만 그건 폭시를 기리기 위해서가 아니야, 암, 아니고말고! 조용히 앉아 있어, 그럼 내가 왜 도베르만이 꼬리를 자르게 됐는지 알려 줄게.

옛날에 도베르만이 한 마리 살았는데 우스터인가 쿠스버트인가 아무튼 뭐, 그런 바보 같은 이름이었어. 그런데 그 우스터인가 쿠스버트는 정말 바보라서 아는 놀이라곤 자기 꼬리 쫓기밖에 없었거든. "잠깐만 기다려." 녀석은 으르렁거렸지. "내가 널 아주 조금만 뜯어 먹어 주겠다." "절대 안 될걸." 꼬리가 말했어. "딱 기다려, 안 그러면 내가 화를 낼 거야." 도베르만이 짖어 댔지. "절대 그렇게 안 될걸." 꼬리가 웃어 댔어.

"기다리지 않으면 잡아먹어 버릴 테다!" 도베르만은 협박했고.

"그렇게는 안 된다니까." 꼬리가 대꾸했지.

그러자 그 도베르만은 분노를 폭발시키며 홧김에 꼬리를 덮쳤고, 잡아서 먹었어. 아마 사람들이 달려와서 빗자루로 떼어 놓지 않았다면 제 몸까지 다 먹어 치워 버렸을 거야.

그때부터 사람들은 도베르만의 꼬리를 몸통에 바짝 붙을 정도로 짧게 잘라 주기 시작했단다. 그래야 자기 꼬리를 잡아먹지 못할 테니까.

그게 끝이야. 오늘은 빨리 끝났지, 안 그러니?

6 그레이하운드를 비롯한 다른 개들 이야기

아, 아니라니까, 그레이하운드는 조물주께서 창조하신 게 아니야. 그건 잘못 알고 있는 거야. 토끼가 창조했단 말이야. 처음에 조물주께서는 모든 짐승을 만드시고 가장 훌륭한 동물인 개를 마지막까지 아껴 두었지. 작업의 속도를 높이려고 조물주는 세 개의 더미를 미리 준비해 두었어. 하나는 뼈, 하나는 살, 하나는 털. 그리고 이 세 더미를 써서 개들을 창조하기 시작하셨단다. 제일 먼저 조물주는 폭스테리어들을 만들고, 와이어헤어드테리어들을 만드셨어. 그래서 그렇게들 똑똑한 거란다. 그리고 막 다른 개들을 창조하려는데 정오를 알리는 종이 울렸어. "좋아, 그럼." 조물주는 말했지. "종이 울렸으니 일은 멈춰야겠다. 어찌 되었든 1시에 다시 작업을 시작해야지." 그리고 조물주는 휴식을 취하러 갔어.

바로 그때 토끼 한 마리가 뼈다귀 더미를 지나쳐 달려갔어. 뼈들 가운데서 부스럭거리는 소리가 나더니 뼈다귀들이 벌떡 뛰어올라 짖기 시작하더니 토끼를 쫓아갔어. 이런 식으로 그레이하운드가 생겨났지. 그래서 그레이하운드는 오로지 뼈다귀로만 만들어졌고 몸에 붙은 살점이 1온스도 채 못 되는 거야.

그러자 살 더미도 배가 고파졌어. 살 더미는 꼬물거리고 씩씩거리기 시작했고, 불도그인지 복서인지가 나타나 배를 채우러 달려갔어. 그래서 불도그들은 살밖에 없단다.

그러자 털 더미가 그걸 보고 긁기 시작하더니 또 자기 몫의 먹이를 찾아갔어. 그 결과 세인트버나드가 처음 생겨났지. 온통 털투성이잖니. 그리고 남은 털에서는 푸들이 생겨났어, 그 녀석도 털밖에 없지. 그리고 나서도 아주 소량의 털이 남아 있었는데, 거기서 소위 잽이라고도 불리는 페키니즈가 생겨났단다.

조물주가 1시에 세 개의 더미로 돌아와 보니 다 사라지고 남은 게 거의 없었어. 긴 꼬리 하나, 하운드 귀 한 쌍, 작은 다리 네 개, 그리고 거대한 몸통이 남아 있었지. 자, 그걸로 뭘 만들 수 있었을까? 그래서 조물주는 닥스훈트, 다클을 만들었다.

잘 기억해 둬라, 다셴카. 그리고 그레이하운드나 불도그나 세인트버나드나 푸들은 쳐다보지도 말아. 그놈들은 너한테 어울리는 개들이 아니니까. 이야기는 여기서 끝이란다.

7 개의 습관

다셴카, 오늘 너한테 들려줄 이야기는 동화가 아니라 진실 중에서도 참된 진실이란다. 네가 커서 지적인 작은 개가 되길 바란다면 귀를 기울이고 잘 들어 주면 좋겠다.

백만, 천만 년 전에는 개들이 인간과 함께 살지 않았어. 그 시절에는 인간이 아직 문명인이 못 되어 같이 살 만하지 못했지. 그래서 개들은 무리를 지어 살았어. 사슴처럼 숲속이 아니라 스텝이나 프레리라고 부르는 드넓은 초원에 살았어. 그래서 현재까지도 개들은 모두 풀밭을 그렇게 좋아하고 귀가 마구 흔들릴 정도로 뛰어다니는 거란다.

다셴카, 왜 개는 누워 잠들기 전에 꼭 세 번 도는지 알고 있니? 스텝에서 살 때는 발밑의 키 큰 풀을 밟아 다져서 편안하게 잠들 수 있는 잠자리를 만들어야 했기 때문이야. 팔걸이 의자에서 편히 잘 수 있는 오늘날까지도 개들은 여전히 그러는 거야. 너처럼 말이야.

그리고 개들이 왜 밤에 서로에게 짖는 줄 아니? 그건 스텝에 살 때는 자기 무리를 찾으려고 밤에 신호를 보내야 했기 때문이란다.

그리고 돌멩이나 나뭇등걸을 만나면 왜 어김없이 다리를 들고 오줌을 누는지 아니? 스텝에 살 때는 무리의 개들이 모두 친구가 어디 갔었는지 냄새를 맡아 알아챌 수 있도록 돌멩이에 표식을 남겼기 때문이야.

그리고 개들이 뼈와 빵 부스러기를 땅속에 파묻는 이유는 아니? 천 년 전에는 기근을 대비해 먹을 것을 조금이라도 비축해 두려고 그랬지. 너희가 처음부터 얼마나 현명했는지 알겠지.

그런데 너, 개들이 왜 인간과 함께 살게 되었는지 알아? 그게 이렇게 된 거야. 개들이 무리 지어 사는 걸 보고 인간들도 무리 지어 살기 시작했거든. 그런데 인간의 무리가 동물들을 아주 많이 잡았고, 숙영지 주위에 뼈다귀들이 아주 많이 흩어져 있었어. 그리고 개들은 그 모습을 보고 말했지. "인간들한테 뼈다귀가 산더미처럼 쌓여 있는데 왜 동물들을 쫓아다녀야 해?" 그때부터 개들은 인간 무리와 함께 이동하기 시작했고 인간과 개는 서로가 서로에게 속하게 되었어.

그래서 이제 개는 개들의 무리에 속하지 않고 인간 무리의 일원이야. 개가 같이 사는 사람들이 그 개의 무리야. 그래서 개는 자기 이웃처럼 인간을 사랑하는 거야.

그러니 이제 가서 풀밭에서 마음껏 뛰어놀렴. 저기가 너의 스텝이란다.

이젠 어쩔 수 없어, 다셴카. 너는 이제 곧 다른 사람들과 함께 가서, 다른 무리에 속하게 돼. 그러니까 내가 인간에 대한 이야기를 하나 들려줄게.

어떤 동물들은 인간이 사악하다고 주장하지. 인간들도 그런 말을 많이 하고. 하지만 그런 말은 믿지 마. 인간이 사악하고 감정도 없다면 너희 개들이 우리와 함께 살러 오지 않았을 테고, 지금도 너는 스텝에서 야생 동물로 살고 있었을 거야. 그렇지만 너희가 인간들과 친구가 된 것으로 봐서, 천 년 전에 벌써 인간들은 너희를 쓰다듬어 주고 네 귀를 간질여 주고 먹이를 줬을 거야.

세상에는 종류가 다른 여러 인간들이 있어. 어떤 인간은 덩치가 크고, 사냥개처럼 굵은 소리로 짖고 가끔은 수염도 나거든. 그런 인간을 아빠라고 해. 그런 사람들한테 딱 붙어 있어라. 인간 무리의 대장들이거든. 그만큼 약간 무섭기도 해. 하지만 네가 착하게 굴면 절대 아프게 하지 않을 거고, 오히려 귀를 간질여 줄 거야. 너 그러면 좋아하잖니, 그렇지?

다음에 가르쳐 줄 인간은 덩치가 조금 작고 짖는 목소리도 가늘고 주둥이도 매끄럽고 털이 없어. 엄마들이라고 하는데, 그 옆에 꼭 붙어 있어, 다셴카. 너한테 먹이도 주고 가끔 털도 빗겨 주고 네가 다치지 않게 지켜 줄 거야. 약속하는데, 세상에 엄마의 앞발만큼 좋은 건 없단다.

세 번째 부류의 인간은 작고, 너보다 별로 크지도 않고, 강아지처럼 깽깽 짖어 댄단다. 아이들이라고 하는데, 그 옆에도 꼭 붙어 있어야 해. 아이들은 너와 같이 놀아 주니까 쓸모가 있거든. 네 꼬리를 잡아당기고 너와 함께 스텝을 뛰어다니고 아무튼 무조건 같이 있으면 재미있어. 인간 무리에서 서열이 잘 정리되어 있다는 걸 너도 알겠지.

가끔은 길거리의 개들과 함께 어울려 놀 때도 있을 거야. 같이 있으면 행복하고 신이 나겠지. 네 핏줄이고 네 친척이니까. 하지만 집에서는 말이야, 댜샤, 집에서는 인간들에게만 둘러싸여 있게 될 거야. 인간과는 핏줄보다 가늘지만 튼튼한 끈으로 묶여 있거든. 그건 바로 신뢰와 사랑이란다.

자, 그러니까 이제 냉큼 떠나렴.

도그 쇼

반려견 대회는 다른 전시회와 마찬가지로 한편으로는 전반적인 훈육을 돕고, 다른 한편으로는 상을 두루 나눠 주는 목적에 봉사합니다. 하지만 우리는 오로지 정보에만 관심을 두면 됩니다. 이를테면 반려견 대회에서는 순종견에 대해 배우지요. 순종견은 첫째 대회 준비 위원회가 참가를 승인했다는 사실 자체로 구별되며, 둘째 순종견의 주인은 누구나 그 개를 소유한다는 사실만으로 전문 사육가이자 아마추어 반려견 학자가 된다고 믿고 적절한 사교 모임이나 클럽에 회원으로 가입하는 행위를 통해 이 사실을 외부에 공표하게 됩니다. (적어도 우리나라에서) 우리가 구분할 수 있는 개의 품종으로 보면, 프라하 복서 품종견 클럽, 그레이하운드 소사이어티, 와이어헤어드테리어 클럽, 토이팬시어 연맹, 그레이트데인 체코슬로바키아 클럽, 비어디드테리어 소사이어티, 저먼십도그 클럽, 체코슬로바키아 공화국 세인트버나드 클럽, 사냥개 사육과 번식을 위한 센트럴 클럽, 경찰견과 고급 품종견 소사이어티가 있고, 그 밖에 푸들, 포메라니안, 플럼푸딩도그, 보리셰크, 에스키모도그, 기타 아직 독자적인 소사이어티와 클럽으로 구성되지 못한 견종들이 있습니다. 반려견학이 더욱 발전하면 닥스훈트 사육자 상조 소사이어티, 테리어 사육자 아리마테아 연맹, 상을 못 받은 복서 사육자 후원 소사이어티, 줄무늬 그레이트데인 소사이어티, 흰색 표식이 있는 파란 그레이트데인 클럽, 얼룩무늬 데인 클럽, 알록달록 폭스하운드 독립 단체, 주주 명부 폐쇄 철폐 동맹, 몰타테리어 여성 사육자 기독교 자선 연맹, 보르조이(러시안울프하운드) 사교 클럽 등등의 단체도 틀림없이 설립될 겁니다. 반려견학의 무한한 가능성은 평범한 인간의 시계(視界)를 훌쩍 넘어서기 때문이지요. 대회에 참가한 개들을 바라보면서 이런 잡종은 거저 줘도 안 갖겠다느니, 저기 저 개는 귀만 똑바로 간수하면 나쁘지 않겠다느니 떠드는 본새만 봐도 순종견 사육자를 한눈에 알아볼 수 있습니다. 대회에 가 보면 참가한 개들은 묶여 있고 주인들만 자유롭게 사방팔방 뛰어다니거든요. 물론 세심한 훈련 덕분에 대다수 주인은 자기 개의 우리를 거의 떠나지 않습니다. 어쩌다가 드물게 영역을 벗어나 경쟁자 개들의 사육자를 보고 짖거나 무는 주인도 있지만 말이지요. 내가 확실히 말할 수 있는 사실은, 혈통 좋은 복서의 사육자는 예컨대 잉글리시그레이하운드 같은 개가 얼쩡거리는 대회는 콧방귀도 뀌지 않지만, 막상 당사자인 개들은 크게 개의치 않는다는 겁니다. 하지만 우리가 잘 알듯 인종, 종교, 국적은 우리 인간에게는 더할 나위 없이 중요한 역할을 담당하지요.

전문가와 아마추어를 아울러 반려견학에는 몇 가지 특징이 있습니다. 먼저 평범한 대화에서 남다른 단어들이 오르내립니다. 예를 들어 코와 입이라고 하지 않고 '머즐'이라고 하고요. 털이 아니라 '코트'라고 하고 꼬리가 아니라 '스턴'이라고 합니다. 기타 전문 용어로 축 처진 윗입술을 말하는 '플루스'가 있고 두상을 말하는 '크래니엄' 등등이 통용되죠. 그러므로 순종 혈통견을 소유하고 있다면 꼬리를 살랑거린다고 말하는 게 아니라 스턴을 움직인다고 표현해야 합니다.

그러나 반려견 대회에서 가장 중요한 활동은 포장이고, 이 과정에서 가장 중요한 역할을 하는 건 개가 아니라 주인들입니다. 경박하고 방종하기로 악명 높은 암컷을 갖고 있다면, 비전문가 자연이 이 문제에 끼어들지 못하게 막는 일이 보통 골치 아픈 게 아니에요. 그러나 혈통견 수컷을 갖고 있다면 신부에게 데려다주기만 하면 되고, 이런 신나는 놀이를 통해 덤으로 보상까지 받게 됩니다. 이런 반려견학적인 결합에서 탄생한 강아지들이 수여받는 요란한 호칭은 예컨대 다음과 같습니다.

베나치 폰 데르 로젠베르크의 아마겟돈 집시 케이토 하코웨이 출생 30. II. 1930. Proc. Roy. Soc. Bk. XX. 19,871, C.O.D. 1030. L.M.S. 8945, Jour. Min. Agric.Dept.D. ∫ 327.

부: 여행자 쉼터의 사탄, reg. G.P.O. No. 1663, I.O.U. 485 L., R.S.V.P.601.

모: 틸다 폰 하우텐 드 라 아델스부르크, reg. Proc. Zoo. Soc. ∫∫221-222. Vol. XXIV, W.C. 27. Pat. No. 97,817, 47′ 56″ N. 5′ 14″ E., W.O.No.462.

이런 혈통을 소유한 상기한 강아지 아마겟도나(좀 더 친근하게는 에이미)를 최소한 1000크라운 값을 받고 팔지 못한다면 후환을 면치 못할 겁니다.

내 생각에는, 혈통견 강아지의 실제 양육은 스포츠의 범주에 들어가지 않습니다. 엄밀히 말해 지극히 우연에 좌우되는 일이기 때문이지요. 강아지 먹이는 무엇을 주어야 하는지, 등짝을 후려쳐 가며 훈련시켜야 하는지, 원칙적으로 체벌은 안 되는지, 이런 논점에 대해서는 전문가마다 생각이 다릅니다. 참된 스포츠라면 의심의 여지 없는 불변의 규칙이 있어야 하잖아요. 규칙은 없고 오로지 정면 대립하는 견해들만 난립한다면, 누가 봐도 그것은 스포츠가 아니라 과학이 분명해요. 그렇다면 개의 양육은 과학의 문제가 되고, 강아지한테 (아무리 먹기 싫어 해도) 비스킷을 먹여야 하는지, 아니면 날고기, 비타민, 아니면 장갑을 먹이로 줘야 하는지는 여전히 아리송한 문제로 남는다는 말씀입니다. 우리로서는 그런 과학적 토론에 아예 발도 들이지 않는 편이 훨씬 낫고요.

반대로 반려견 대회 참가는 순수한 스포츠이며 반려견학의 실천입니다. 스포츠로서의 특성은 경쟁과 1등상 수상이라는 최고의 목표를 달성하려는 야심 찬 노력에서 나오지요. 물론 덧붙여 1등을 못 한 경우 심판의 능력과 공정성을 철저히 부정하는 자세에서도 나오고요. 이런 고귀한 경쟁에 개들은 다소 절제되고 소심한 자세로 임하는 반면, 주인들은 뜨겁게 흥분해 날뛰고 불안으로 땀을 줄줄 흘리고 모자를 뚫고 대화하고 개들을 여기저기 질질 끌고 다니면서 예쁘게 서 있게 만들려 애쓰고, 아무튼 전반적으로 자기 장남이 출생 증명을 기다리고 있을 때보다 열렬한 관심을 쏟습니다. 그리고 제 개가 1등상을 못 받기라도 하면 개인적인 모욕으로 받아들이고 인생 최고의 야심이 좌절된 듯 슬퍼합니다. 세상을 기피하면서,

자신이 박대받고 폄하되는 느낌에 시달리며 반려견학계와 정치계와 전반적인 세계의 지배층에 불만을 품는 거죠. 대회 기간 내내 피피가 외로워하지 않도록 사육자는 온 가족과 함께 자기 개의 우리 안으로 아예 짐을 싸서 이사합니다. 나는 개가 보통 주인을 닮고 주인은 개를 닮는다는 말이 진실인지 알아보고 싶었지요. 연구 결과 그 말은 그냥 뜬소문에 불과합니다. 주인은 자기 개와 다리도 귀도 다르고 얼굴과 표식도 다르고 심지어 성별도 달랐어요. 대회 기간에 참가하는 개들은 대부분 시간을 자거나 동그랗게 몸을 말고 누워 있는 데 쓴 반면, 주인은 개들 발밑에서 망을 보면서 감히 접근하는 모든 자에게 으르렁거리며 경고를 날렸습니다.

이 반려견 스포츠에서 가장 수고스러운 부분은 물론 드릴입니다. 나는 훈련을 아주 잘 받은 신사 숙녀들이 셰퍼드나 도베르만의 목줄을 잡고 진행자의 구령에 맞춰 행진하고 절도 있게 달리고 정지하고 회전하는 모습을 많이 보았습니다. 진행자의 요청만 있다면 기꺼이 장애물도 건너뛰고 가상의 도둑을 덮칠 기세였지요. 그러나 드릴의 내용을 보면 사람보다는 개에 어울리는 것도 꽤 있습니다. 일반적으로 신사 숙녀들이 반려견보다 훨씬 더 철저하게 진행자의 명령을 따르더군요. 타고난 지능 덕도 보았겠지만, 칭찬을 갈구하는 개의 특성이 주인에게 훨씬 더 강하게 나타난 탓인지도 모릅니다.

연관된 자료 문헌(그러니까 카탈로그 말입니다.)으로 볼 때 반려견학 종사자들은 광범위한 집단에서 선발됩니다. 특히 백작, 사냥터 지기, 지배인, 공무원과 좋은 집안의 숙녀들이 많았는데, 사회적 위상과 국적에 따라서는 차별화된 성향을 보였습니다. 보르조이는 거의 배타적으로 숙녀들이 많이 키웠고, 슈나우저는 독일인, 실리엄을 비롯한 여타 털북숭이 개들은 귀족 계층이 선호했으며, 도베르만과 울프하운드는 사회적으로 완벽한 잡혼을 누리고 있었어요. 그런가 하면 반려견 대회 참가자 중에서 국회 의원, 대학 교수, 정부 부처 장관은 한 명도 본 적이 없습니다. 모르겠네요. 이런 사람들한테는 드릴을 견뎌 낼 절제력이 없거나 테리어 과에서 일등상을 타고 챔피언십을 딸 만큼 야심이 충천하지 못하거나 둘 중 하나일 테지요.

물론 사육자는 반려견 경연의 한쪽 단면에 불과합니다. 나머지 반쪽은 개들이고요.

개의 품종 이야기를 하자면 먼저 단종된 수세대의 개들에 대한 아련한 기억을 소환하지 않을 수 없습니다. 그중에서도 첫째를 꼽자면 보리셰크입니다.

우리 체코의 시골 개 보리셰크는 친절한 눈과 친절하고 혈기 왕성한 말린 꼬리, 노랗거나 갈색으로 구운 털 색을 지닌 견종입니다. 십중팔구 털가죽이 매끄러운 퍼그와 스피츠처럼 도회적 특성이 뚜렷한 견종의 교배종이었을 텐데, 조상들로부터 어느 정도는 색깔을, 어느 정도는 영특함과 독립성을 물려받았어요. 이 견종이 최고로 영광스러운 나날을 누리던 당시에는 짐마차 마부의 개로 많이 볼 수 있었지요. 운전석 마부 옆에 왕관을 쓰고 위풍당당하게 앉아 자기가 말들을 몰고 있다는 듯이 도도하게 굴었어요. 짐마차가 마을로 진입할 무렵이 되면 보리셰크는 거세마의 등으로 옮아 타고 말의 머리에서 꼬리까지 힘찬 몸통 위를 달리며 좌우로 방향을 알려 주고 개선장군의 입성을 솜씨 좋게 진두지휘했습니다. 요즘은 짐마차 마부의 개는 찾아볼 수 없고, 시골의 보리셰크도 시궁쥐 같은 것들과 교배한 볼품없는 울프하운드 잡종들에 밀려났지만요. 이런 개들은 대체로 못되고 비겁하며, 굴종과 퇴락으로 멍청해진 견종입니다. 이제는 보리셰크가 사라져 버렸어요. 순종은 아니지만 참된 개다운 개였고, 요새는 이런 개들이 얼마 남지 않았습니다.

그런데 요즘은 퍼그마저 없어요. 퉁명스러운 코에 까만 검댕이 묻어 있는 듯한 착한 갈색 동물들. 퍼그는 멍청하고 짜증 나는 개라고 생각들 하지만 한때는 거실의 반려견으로 숙녀들 사이에 큰 인기를 누린 바 있습니다. 스피츠나 포메라니안도 마찬가지고요. 과거에는 세심하게 털을 빗질하고 목에 리본을 둘러 단장을 하고는 오만하게 위로 휘어진 꼬리털과 아이러니한 코를 자랑하고 다녔지요. 영특한 개로, 노처녀 같은 데가 있고 변덕스러운 구석이 있는데 불가피하게 사라져 가고 있습니다. 축 처진 귀에 곱슬곱슬한 수염, 아스트라한의 양털처럼 두툼한 털가죽을 지닌 흑백 푸들, 그중에서도 가장 털이 곱슬곱슬한 견종을 번식시키겠다는 야심과 역사적 사명에 매진하는 아폴드라는 현명한 마을이 세상에 없었다면 푸들도 서서히 씨가 말랐을 것입니다. 어찌 보면 스피츠와 푸들은 페티코트, 프릴, 플라운스[10], 플란넬, 기타 따뜻하고 복잡한 복식과 함께 시중에서 유통이 중단되었다는 과학적 이론을 개진할 수도 있을 겁니다. 하지만 그렇다면 퍼그는 왜 사라진 걸까요? 그리고 어째서 너는 매끈하고 파들파들 떠는 이탈리안그레이하운드와 마주치는 일이 없어진 걸까요? 원인은

10   프릴과 비슷하지만 더 넓은 주름 장식.

더 깊은 데에 있습니다. 퍼그와 스피츠와 함께 구도시 귀족 계급이 몰락했기 때문이지요. 명문가와 응접실의 반려견은 사냥개에게 그 자리를 내주었습니다. 원래 양치기 개라고 불리던 스카치콜리는 보기 힘들어졌지만, 쇠락한 과거의 부르주아 계급은 한때 이 개에게 배타적인 장식품의 역할을 맡겼었습니다. 헝클어진 털에 고분고분 말을 잘 듣는 풀리는 오늘날의 테리어가 태슬 같은 털을 다시 유행시키기도 전에 사라졌고요. 푸에라무스페르가마, 유럽, 이 문화의 공동묘지는 또한 개들의 공동묘지이기도 합니다.

　　오래된 견종 중에서는 세인트버나드가 간헐적이기는 하지만 여전히 그 모습을 보입니다. 지극히 진중하고 너그럽게 이를 데 없는 성품으로, 지나치게 느슨하고 너무도 험상궂게 생긴 피부를 게으르게 늘어뜨리고 다니는 개지요. 세인트버나드는 르네상스풍 빌라 앞에 앉아서 뭔가 개들의 미스터리(이를테면 죽음 다음에 무엇이 오는가라든가 인간은 왜 그렇게 미쳐돌고 시끄러운가 같은 문제들)를 사색하는 모습이 가장 어울립니다. 가끔 심각한 침방울이 커튼처럼 주름진 그 축 늘어진 뺨에서 뚝뚝 흘러 떨어지고, 가끔 그 현명하고 붉게 핏발 선 눈이 끔벅거릴 테고, 그러면 몸집이 커서 재촉해도 서두를 수가 없는 세인트버나드는 부드러운 위엄을 과시하며 조금 더 구부정하니 몸을 숙였다가, 양지에서 몸을 따뜻하게 데우며 고독한 몽상을 지속하러 가겠지요.

　　물론 오래된 혈통 중에서는 털과 스타일이 다양한 사냥개들이 꾸준히 살아남았습니다. 갈색 하운드, 콩처럼 얼룩덜룩한 포인터, 세터, 실크처럼 매끄러운 스패니얼, 이런 개들에 대해서 내가 말을 아끼는 이유는 그런 특정 분야의 연구에 필요한 사냥꾼의 라틴어를 터득하지 못했기 때문입니다. 그러나 보기에는 튼실하고 좋은 개들이에요. 강인한 가슴과 사지를 지닌 각 잡힌 개들이 머리를 까닥거리면 찬탄하는 손길이 기분 좋게 그 머리에 머물기 마련이지요. 그리고 우스꽝스럽고 용맹한 닥스훈트도 아직 잘 살아 있습니다. 다클이나 발디라고도 불리는 닥스훈트는 그 일그러진 작은 다리로 굳건히 버티고 서서 긴 스턴을 흔들고 독자적인 사유를 할 줄 압니다. 고집 센 지성과 이기주의로 무장하고 온갖 절제와 훈육을 무시하는 건강한 경멸을 갖춘 교활하고 꾀 많은 동물이거든요.

개의 가치를 논할 때 양극단에 서서 과거의 전통을 지키는 견종이 둘 있습니다. 그레이트데인과 저먼보어하운드지요. 불필요하게 크고 멋진 동물로, 시라쿠사의 폭군이나 브라질의 대농장주를 경호하는 데 더 적합해 보이지 우리가 사는 세상에는 어쩐지 어울리지 않는 모습입니다. 더욱이 그레이트데인의 견주는 자기가 남들과 닮은 구석이 하나도 없는 사람이라는 티를 많이 내요. 그 정반대 끝으로 가면 제일 작은 개 토이테리어가 있습니다. 이 심술궂고 도도하고 멍청한 꼬마 장난꾸러기는 눈이 툭 튀어나와 있고 다리로 종종거리고 종을 딸랑딸랑 울리고 다니며 발작적이고 짜증스러운 작은 목소리로 짖어 댑니다. 이래서야 되겠습니까. 개들의 신도 창조할 때 중용의 길을 걸었단 말이지요. 너무 크거나 너무 작은 개들은 이제 올바르고 명랑한 개다운 성정도 잃고, 개다운 감각도 잃고, 개다운 사교성도 잃어버렸어요. 사실 그런 개들은 올바른 개가 아니지요.

다른 견종 중에서는 털가죽이 반들반들한 그레이하운드가 서서히 사라지고 있습니다. 이탈리아 종과 영국 종 모두 마찬가지예요. 귀족적이고 편협하고 이기적이고 허영기가 많고 앙상한 꼬리를 달달 떨면서 다리 사이에 끼고 다니는 그레이하운드는 예전에도 개치고는 쓸 데가 없었습니다. 여기저기 철 지난 러시아 울프하운드나 보르조이가 보이기도 합니다. 허식이 심하고 몹시 멍청한 이 개는 말하자면 제체시온[11]으로, 연극에서 통곡하는 역할만 도맡아 하는 곡녀와 비슷한 극적인 존재입니다. 차라리 보아뱀처럼 목에 걸고 다니는 데 더 알맞을지도 모르겠어요. 뭐, 요즘은 보아뱀을 목에 두르고 다니는 사람이 없긴 하지만 말이지요. 특히 빈혈이 심하고 퇴폐적인 분위기를 풍기는 여자들이나 피로에 찌든 얼굴로 가을의 공원을 흐느적거리며 추적추적 걸어 다니는 세속적인 멋쟁이 남자들에게 잘 어울릴 겁니다.

하지만 안타까운 일은, 역시나 흘러간 유행인 슈나우저나 스테이블테리어를 키우는 사람이 요즘은 거의 없다는 사실입니다. 멋진 수염이 나고 술이 달리고 복슬복슬한 털북숭이, 흑백이 섞인 색에 힘찬 이 개는 유달리 성격이 밝고 훌륭한 투견이며 하나님 앞에 제일가는 감시견이지요. 영특하기까지 해서 인기가 없다면 말이 안 되지요. 세속의 영예를 포기하고 세계에서 가장 명랑한 눈빛을 지닌 슈나우저들을 길러 내는 데 매진한 호르슈프 티네츠 씨께 경의를 표해야 할 일이지요.

그리고 우리는 역사적으로 세계 대전이 끝나고 퍼지기 시

11 Secession. 라틴어 동사 secedo를 어원으로 하며 '분리파'라 번역된다. 19세기 말 기존 예술계에서 기회를 얻지 못한 혁신파 예술가들이 독립적으로 전시회를 기획하기 위해 설립한 기구다. 인상파와 클림트, 코로, 밀레, 쿠르베 등 여러 혁신적 미술 운동이 제체시온에서 힘을 받았다. 그러나 차페크가 이 책을 쓴 1938년 당시에는 이미 이러한 운동도 과거의 이야기가 되었다.

작하여 이제는 블랙베리처럼 흔해진 현대의 견종으로 넘어가겠습니다. 우리의 집과 거리를 도베르만이나 울프하운드 같은 경찰견으로 채운 여러분 모두 한시적으로 벌을 받는 셈인데, 이 개들은 우리의 좁은 집에서 키우기에는 너무 크고 도시의 삶에 어울리지 않게 원기 왕성한 탓입니다. 하루에 65킬로미터를 다녀야 하는 경찰관이야 괜찮지만, 산책이라고는 동네한 바퀴가 다인 시 의원님께는 어울리지 않는단 말이지요. 도베르만은 과도하게 커져 버린 테리어 종인데, 법률적인 경찰견의 지능에 치명적으로 도취해 젠체하지만 실제로는 융커[12] 못지않게 어리석습니다. 저먼십도그는 아름다운 늑대인데, 도시에서 키운다는 건 우리에 표범을 키우는 일과 다를 바 없고요. 덧없는 세속적 허세를 부릴 개를 선호한다면 집 안에서 거실까지 뛰어다니는 것으로 충분한 실내용 견종을 선택하세요. 슈나우저나 테리어나 토이불도그를 선택하시면 됩니다. 스피츠나 푸들이나 몽키테리어를 망각에서 건져 낼지언정 원래 탁 트인 야외에서 살아야 하는 이 다리 늘씬한 동물들을 감옥 같은 집에 가두어 고문해서 사악하고 병색이 완연한 짐승으로 전락시키지는 말아야 해요.

다음에는 보들보들한 파피용처럼, 숙녀의 개, 쿠션도그가 있습니다. 버릇 나쁘고 섬세한 성격에 진중해 보이는 통방울 눈을 지닌 이 개들은 일반적으로 팔로 끼고 다니지요. 다음으로 페키니즈와 그리폰, 마지막으로 하얗고 털이 곱슬곱슬한 말티즈가 있고, 특히 프렌치토이불도그, 일명 본즈들은 콕 집힌 듯한 엉덩이에 커다랗고 둥근 머리, 박쥐처럼 생긴 귀가 달

12   프로이센 지배층의 중추였던 독일 동부의 봉건 지주 계급.

려 있고, 놀란 표정으로 빤히 쳐다보는 모습이 장난감, 아기들 혹은 쪼글쪼글한 호텐토트의 여인들[13]처럼 의도적인 희극적 효과를 자아내며 천진하게 우스꽝스럽습니다. 반대로 복서는 확실히 남성적인 개이며 예전의 불도그를 대신하지요. 황소의 목을 지닌 체육견의 쭈글쭈글 주름진 근심 어린 얼굴은 무시무시한 공포를 자아내지만, 사실 공포에 떨 이유는 찾기 힘듭니다. 전반적으로 무해한 영혼이자 서글서글 성격 좋고 폭신한 이 개는 순진하고 온순한 심장을 소유하고 있거든요.

훌륭한 현대의 견종은 넓게 보아 래터의 가문에 속하는 테리어입니다. 용감하고 사기충천한 작은 동물이던 과거의 말쑥한 폭스테리어는 구석으로 밀려나고 이제 덩치가 작고 털가죽이 거친 테리어가 그 자리를 대신하게 되었어요. 삐죽삐죽 털이 난 얼굴에서 불한당처럼 서글서글하게 눈을 깜박거리는 녀석들은 닭과 고양이를 잡아먹는 굉장한 말썽꾸러기들입니다. 수줍고 웃기며, 불굴의 성격을 비롯해서 뚜렷한 단점들도 한두 개가 아닙니다. 테리어 아이리스를 (반은 무릎에 올려놓고 둥기둥기하며, 반은 애견학적인 관점에서) 키워 본 내가 잘 압니다. 그림에서 보듯, 작은 꼬리는 볼품없이 잘려 있고 주인의 소망과는 상관없이 조물주가 창조하신 대로 털 빛깔이 멋대로지요.

몸집이 상당히 큰 개는 에어데일테리어입니다. 수염도 멋

---

13   남아프리카 목축 민족을 가리키던 말이었으나 오늘날은 인종 차별적 어휘로 간주된다. 반려견에 대한 우생학적 민족주의적 시선과 함께 20세기 초반 유럽의 시대적 한계를 보여 주는 대목이다.

지고 등에 검은 안장 무늬가 있는 갈색 털에, 테리어 중 가장 분별이 있으며, 항간의 말로는 전장에서 부상병을 찾는 용도로 훌륭하게 복무했다고 해서 워도그이라고도 불립니다. 내가 아는 한 에어데일테리어는 진중하고 정 많은 개로서, 명예를 중시하고 폭스테리어 같은 꿈틀거리며 코를 쿵쿵거리는 장난꾸러기들과는 다릅니다. 부상병을 찾는 일뿐 아니라 점 잖은 사람들의 반려견으로도 훌륭합니다.

스코티시테리어는 약간 광대 같은 외양이지만, 거칠고 반항적인 심장을 지니고 있답니다. 털 많은 검은 애벌레 같은데 고집이 세고 다클처럼 짓궂으며 도축업자의 마스티프처럼 힘차고 거친 목소리로 으르렁거립니다. 비슷하지만 털이 희고 온순한 개가 바로 실리엄테리어죠. 또 아이리시테리어도 있고, 웰시테리어, 웨스트하일랜드테리어, 스카이테리어도 있는데, 온갖 다채로운 색과 밀도의 털 뭉치들로 짧고 삐죽삐죽한 털부터 텁수룩한 다발까지 다양합니다.

하지만 개털 이야기를 파헤치게 된다면 스코티시밥테일을 잊지 맙시다. 사자한테서 떨어져 나온 털뭉치, 아니면 낙타나 다른 짐승의 갈기처럼 생긴 녀석이니까요. 방향을 알려 줄 꼬리 자체가 없어서 어디가 머리고 어디가 꽁무니인지 똑똑히 알아보기가 어렵고, 특히 그렇게 텁수룩한 털 속에서 어떻게 그 몸의 입구와 출구를 찾는 건지 도저히 가늠이 되지 않습니다. 그래도 밖을 잘 내다보는 건 아마 틀림없이 타고난 총기 덕분이겠지요.

이런 개들이 더 있습니다. 스프링거와 위펫, 달마시안과 코모도어가 있고, (멸종되지 않았다면) 파트라의 추바시와 곰개라고 불렸던 고대의 타라치가 있지요. 우리나라에서 사람들이 세계의 모든 견종을 키워야 한다는 이야기가 아닙니다, 그런 얘기를 하려는 게 아니라 변덕스러운 유행이나 헛된 속물주의로 듬직한 혈통과 호감 가는 자질을 지닌 견종들이 사라지게 해서는 안 된다는 말입니다. 그리고 또한 점잖은 견주라면 누구나 자기 개의 혈통이 더럽혀지지 않도록 보존할 의무가 있지요. 쇼 챔피언이 낳은 강아지를 수백만 수천만 크라운을 주고 사야 한다는 뜻이 아닙니다. 명랑하고 건강한 개라면 한 마리가 얼마든지 마을 전체를 강아지들로 채울 수 있거든요. 내 말은 사회와 국가에서 생물학적으로 뛰어난 자질은 반려 동물에게도 생물학적으로 한층 나은 기준으로 반영된다는 뜻입니다. 키우는 동물을 위한 약간의 수고는 보상으로 돌아온답니다. 못나고 신체적으로도 모자란 혼종보다 육체적으로도 또 영적으로도 훨씬 값진 생물체가 여러분과 함께 살면서 삶을 함께 나누게 될 겁니다.

개에 대한 더 많은 이야기,
그리고 고양이에 대해서도

1 살짝 국수주의의 양념을 치자면

1차 대전 이전에 우리는 빈 출신의 누군가 혹은 육군 장교가 우리 민족을 체코의 개라고 부르면 (마땅히 그리고 크게) 화를 내곤 했습니다. 그런 놈들은 턱을 한 방 갈겨 주거나 신문에 대서특필하곤 했죠. 이제 그런 사건은 전반적으로 예외적인 일이 되었고, 시간이 흐르면 완전히 없어질 겁니다. 바로 그렇기에 우리는 실제로 체코의 개가 거의 남아 있지 않다는 슬픈 자연적 현상을 우려할 필요가 있습니다. 여기서 물론 우리가 말하는 건 다리가 넷 달린 진짜 개지요. 나는 여러 반려견학의 전문가와 과학자들에게 어떻게 이런 일이 생겼는지 물어보았습니다. 세상에는 아이리시테리어와 스코티시테리어, 잉글리시복서와 에어데일, 프렌치불도그와 이탈리안 그레이하운드, 덴마크 그레이트데인과 알자티안(저먼셰퍼드), 저먼스테이블테리어, 닥스훈트와 도베르만, 러시안보르조이, 그리고 차이니즈페키니즈가 있습니다. 국가의 영예를 중시하는 모든 국가가 자국의 견종을 가지고 있는데 우리 체코에는 없단 말인지요.

언젠가 시범 양계장을 본 적이 있습니다. 외국산 와이언도트를 비롯해 각양각색 깃털 달린 귀족들이 거기 있었습니다. 숯처럼 새까만 닭도 있고 백조처럼 하얀 닭도 있고 깃털이 거칠고 텁수룩한 닭도 있었어요. 그런데 철망으로 두른 울에 갔더니 지푸라기와 똥을 섞은 것 같은 불쌍한 색깔의 작고 마른 암탉들이 몇 마리 있더군요. 사람들은 그 닭들이 특별하고도 탁월한 체코 토종이라면서 양계업을 아는 외국인이 보면 반드시 흥미가 동할 거라고 말했습니다. 솔직히 고백하는데 그 암탉들을 보는 내 마음에 국가적 자긍심과 벅찬 신념이 차올랐습니다. 그런가 하면 전문적 승마인들 이야기들 들어보면 우리는 혈통이 있는 체코의 종마가 전혀 없다더군요. 후쿨[14]산 포니가 우리 것이라지만, 그나마 자치 구역이니까요. 클라드루비의 말은 사실 유고슬라비아 종입니다. 개로 말하자면, 우리는 사실 어쩔 수 없이 외국의 영향에 의존하게 되었습니다. 수천 년에 달하는 오랜 전통에도 불구하고, 우리는 순혈의 체코 토종견이 번창해 국가적으로 묵직한 존재감을 갖는 행운을 누리지 못했습니다. 사실 이런 면에서 우리는 아직 독립을 이루지 못했지요.

그러나 이런 문제를 통틀어 가장 나쁘게 보이는 것은 우리나라에도 예전에는 정도의 차이는 있더라도 순수한 혈통의 토착 견종이 있었는데도 우리가 부주의와 국가적인 소홀함을 통해 멸종을 방관했다는 점입니다. 사람들 말에 따르면 옛날

---

14   동유럽 카르파티아 산맥 지역으로, 국경이 바뀌어 지금은 루마니아에 속한다.

에는 우리도 포우세크라고 하는 아주 훌륭한 체코 품종 사냥
개가 있었다고 합니다. 지금도 어디 사냥터 지기의 움막에 가
면 찾을 수 있는지 여부는 모르겠군요. 또 슬로바키아에는 파
트라 견이라고 하는 아주 눈에 띄는 외모의 양치기 개가 있었
다지요. 그것도 사라져 가서 그럭저럭 순수 혈통이라 할 만한
개는 대여섯 마리밖에 남지 않았다고 해요. 혹시 토착 견종이
나 계통 선발로 품종을 복원할 수 있을 만큼 원형에 상당히 가
까우면서 복원 작업이 가치 있을 만큼 외모와 성격이 좋은 잡
종을 아는 사람이 있을까요? 우리에게는 국립 개 사육장이 있
는데, 이름에 걸맞게 너무 늦기 전에 체코나 슬로바키아의 견
종을 돌보는 것을 의무로 삼아야 한다고 봅니다. 평균적으로
삼 년에 한 번씩 새로운 개의 유행이 돌아옵니다. 예전에는 저
먼도베르만이었고 다음에는 알자티안, 프렌치불도그, 그리고
무슨 스코틀랜드의 털 많은 녀석이 사랑을 받았었지요. 우리
토종개를 한번 주인공으로 만들어 보면 훨씬 좋지 않을까요?
전 세계에 혈통이 순수한 최고의 개들을 선사한 영국이 특별
한 인종적 정치적 미덕을 소유한 국가라는 건 우연이 아닙니
다. 이런 말이 있잖아요. 개와 주인은 닮은꼴이라고. 우리는
체코의 개를 발굴할 필요가 있습니다.

2 동물을 위하여

개들도 유행에 좌우됩니다. 한때 낯빛이 창백하고 흥미
로운 소녀들의 꿈이던 퇴폐적인 개 보르조이는 요즘 거의 보
이지 않습니다. 서글서글한 스카치콜리 역시 이제 아무도 두

르고 다니지 않고요. 이탈리아 그레이하운드는 벌써 멸종되었을 가능성이 있고, 닥스훈트나 다클은 보기 드뭅니다. 푸들을 본 게 언제인지 기억도 나지 않네요.(푸들의 사육장이 요즘 어디 있지요?) 해마다 스피츠는 점점 더 희귀해지고요. 세인트버나드는 1880년대와 1890년대에 점잖은 부르주아에겐 필수였고, 조르주 오네의 철기 제조업자[15]가 개를 키웠다면 의심의 여지도 없이 세인트버나드였을 겁니다. 대전 전에 온통 세계를 누볐던 폭스테리어도 급속히 줄어들고 있습니다. 세터는 유년 시절의 기억밖에 없고, 조만간 박물관에 박제된 세터가 전시되는 건 아닐지 모르겠네요. 안타깝게도 퍼그도 이제 없어졌지만, 그 검은 코는 잊을 수가 없어요. 그 대신 요즘 시중에 나오는 개는 저먼테리어, 에어데일, 털이 거친 닥스훈트고 이젠 땅딸막한 토이불도그도 내리막을 걷고 있지만 불도그는 더 흔해지고 있군요. 그러나 크게 유행하는 짐승은 도베르만이고, 대체로는 알자티안(저먼셰퍼드)입니다.

이 마지막 두 견종이 좋은 개가 아니라는 얘기가 아닙니다. 저먼셰퍼드의 두상은 동물의 아름다움 중에서도 최고 걸작이니까요. 그러나 저먼셰퍼드는 키우는 사람들에게 웬만해서는 너무 크고 너무 원기 왕성합니다. 우리는 독일인처럼 힘에 기우는 경향이 있습니다. 그러나 개의 문제에서도 슬라브인다운 정서를 느끼려면, 스토브 뒤에 누워 많이 짖어 대는 오동통하고 자그마한 보리셰크를 키워야 한다고 생각해요. 나는 도베르만과 저먼셰퍼드가 독일의 영향이며 힘과 권력, 화려한 아름다움, 일종의 제국주의를 표상한다는 의견을 갖고

15　1882년 발표된 프랑스의 인기 소설.

있습니다. 여러분은 저먼셰퍼드를 아파트나 움직일 수 있는 공간이 몇 미터 반경밖에 되지 않는 가족 별장의 뒷마당에서 키우지요. 불과 오 분쯤 목줄을 메고 야외로 산책을 데리고 나가면서 그 개를 아낀다고 생각합니다. 그러나 그렇게 큰 개는 신체적 힘이 엄청나서 원래 적어도 두 시간은 실컷 뛰어 놀아야 하며 높이 멀리 뛰어다니며 놀면서 체력을 방출하도록 태어났습니다. 그러니까 여러분이 키우는 그 개는 죄수입니다. 우리에 갇힌 매입니다. 교구 목사나 경찰관이라면 괜찮겠지만 간병인을 대동하고 산책하는 사람들에게 저먼셰퍼드는 어울리는 개가 아닙니다. 충분히 뛰어놀지 못하면 소진하지 못한 신경질적 에너지를 맹렬하게 짖어 대는 것으로 해소하기 때문에, 옆집 사람들에게 폐를 끼칠 수도 있고요. 게다가 가끔 야만적으로 돌변하기 때문에, 신문 배달하는 여자를 물지 못하게 집에서도 우리에 가둬 놓아야 합니다. 다시 말하지만 여러분의 멋진 개들은 불행한 존재들이란 말씀입니다.

부득불 집에서 개를 키워야 한다면(그 기상은 나로서도 칭찬해 줄 수밖에 없네요.) 더 작은 품종들에 덥석 엎어지는(물론 애호가로 사랑한다는 의미에서 한 말입니다.) 편이 낫습니다. 집순이 집돌이 개들이 있어요. 여러분 집의 문지방이면 충분하고도 남는, 말하자면 집 안에서 행복한 개들이 있단 말이에요. 슈나우저, 와이어헤어드폭스테리어, 그 밖에도 삐죽삐죽하고 덥수룩한 친구들이 많습니다. 닥스훈트, 토이불도그도 있고, 푸들, 스피츠와 퍼그를 되살리는 데 일조할 수도 있습니다. 선택의 여지는 많아요. 반려 동물로 영양이나 야생 노새를 키운다는 생각은 아예 아무도 하지 않잖아요. 충분한 운동을 시킬 길이 없으니까요. 그런데 개들은 그렇게 생각지 않지요. 그 점을 꼭 상기시키고 싶습니다.

3 개와 고양이

세심히 관찰한 결과, 나는 권위자에 버금가는 확신으로 장담할 수 있습니다. 개는 혼자 내버려 두면 놀지 않습니다. 혼자 내버려 두면 개는 절대적으로, 말하자면 동물적으로 심각해집니다. 할 일이 없으면 주위를 둘러보고 명상을 하고 잠을 자고 벼룩을 잡고 솔이나 슬리퍼나 하여간 무언가를 갉작거리지만 놀지는 않아요. 혼자 있으면 개는 자기 꼬리를 쫓거나 벌판에서 빙빙 돌지도 않고 입에 막대기를 물고 다니지도 않고 앞에 있는 돌멩이를 코로 밀고 다닙니다. 이런 놀이를 하려면 개한테는 파트너나 구경꾼이 필요해요. 누가 함께 놀아주면 개는 그 반려자를 위해 조증에 걸린 듯 놀아 주는 것이지요. 개의 놀이는 함께한다는 기쁨의 폭발입니다. 똑같은 방식으로 사람이든 개든 친절한 영혼을 만날 때만 꼬리를 흔들고, 누가 같이 놀아 주거나 지켜보고 있을 때만 놀기 시작합니다. 자기한테 관심을 거두는 순간 놀이에 지루해지는 예민한 개들도 있습니다. 그런 개들은 오로지 칭찬을 받는 동안에만 놀이에서 즐거움을 찾는 것처럼 보이지요. 짧게 말해서 개는 놀이를 하려면 누군가 다른 사람과 자극을 줄 수 있는 접촉이 필요합니다. 애초부터 개의 사교적인 성격에 포함된 부분이에요.

반대로 고양이는 사람이 자극을 주면 놀이를 시작하지만 혼자 있을 때도 놀 수 있습니다. 고양이는 고독하고 개인주의적인 방식으로 스스로 놉니다. 혼자서 가둬 놓고 양털 공이나 술 장식, 달랑거리는 끈만 줘도 우아하고 소리 없는 놀이를 시작하지요. 고양이는 놀 때, 인간, 네가 여기 있어 줘서 정말 기뻐, 뭐, 이런 말을 하는 것 같지는 않습니다. 고양이는 죽은 자의 침상 앞에서도 놀 수 있습니다. 앞발로 수의의 옷자락을 가지고도 잘 놀 것입니다. 개는 절대로 그러지 않습니다. 고양이는 자기 자신을 위해서 재미를 찾습니다. 개는 무슨 영문에서인지 다른 사람을 재미있게 해 주고 싶어 하고요. 고양이는 오로지 저 자신에게만 관심이 있지만 개는 다른 누군가 자기한테 관심을 보이기를 바라지요. 개는 무리의 일원일 때 온전히 활력 넘치는 삶을 사는데, 겨우 두 명이라도 무리는 무리인 겁니다. 꼬리를 쫓으면서도 곁눈으로는 누군가 해 줄지도 모르는 말에 신경을 쓰고요. 고양이는 그럴 리가 없습니다. 스스로 즐거우면 그만이지요. 아마도 고양이가 개처럼 자기를 잊고 숨이 턱에 닿게 차도록 열정적으로 온 힘을 쏟아 놀이에 투신하지 않는 건 그런 이유 탓일 겁니다. 언제 봐도 고양이는 그러기엔 조금 도도해 보입니다. 항상 우아하게 살짝 깔보는 마음으로 놀이에 임해 주는 것처럼 보입니다. 개는 허심탄회하게 놀이에 매진하지만, 고양이는 잠깐 변덕을 부리듯 놀지요.

　나는 이렇게 표현하고 싶어요. 고양이들은 유아독존으로 즐거움을 찾는 아이러니 천재들의 후예입니다. 사람이나 물건을 가지고 놀기도 하지만, 그것도 다 살짝 깔보며 자기만의 즐거움을 누리기 위해서입니다. 개들은 유머 작가들의 과에서 내려옵니다. 짤막한 일화를 팔아 먹고사는 유머 작가들처럼 성격이 좋고 세속적이며, 자기 이야기를 소비하는 대중이 없다면 권태에 못 이겨 제 몸을 깨물어 갈기갈기 찢고야 말 유형이에요. 개는 순전한 사교성에서 놀이에 참여하며, 오로지 순수한 열의에서 공동의 놀이에 온몸이 터져 나가도록 열심히 임하죠. 개인적으로 체험해 봤다는 사실만으로 고양이는 만족하고도 남습니다. 개는 성공을 거두고 싶어 합니다. 고양이는 주관주의자입니다. 개는 반려자가 존재하는 세계에 살며, 그러기에 객관주의자입니다. 고양이는 동물처럼 신비롭습니다. 개는 인간처럼 나이브하고요. 고양이는 약간 유미주의자입니다. 개는 평범한 인간과 비슷하지요. 아니 창작하는 인간을 닮았다고 해야 할까요. 개는 어떤 내면적 성향으로 인해 타자로, 모든 타자에게로 향합니다. 개는 자기만을 위해 살지 않지요. 자기 혼자서는 살 수 없는 배우처럼, 오로지 자기만을 위해서 시를 쓸 수는 없는 시인처럼, 자기 얼굴을 벽에 걸겠다는 이유만으로는 그림을 그릴 수 없는 화가처럼 말입니다. 우리 인간이 영혼을 걸고 참여하는 모든 놀이에도 역시 다른 사람들의 관심과 참여를 갈구하는, 그 간절하게 못 박힌 시선이 있습니다. 크고 소중한 인간 무리 전체의 관심을 구하는 그 눈길이 있습니다.

그리고 그 순수한 열의는 우리를 산산조각으로 무너뜨릴 수도 있습니다.

4 모성: 고양이 편

고양이는 척추가 염소처럼 앙상하게 도드라진 묵직한 몸을 끌고 집 안을 어슬렁거립니다. 고양이는 탐색합니다, 항상 탐색하고 있지요. 눈도 못 뜨고 깩깩 울어 대는 다섯 마리 새끼들을 마음 놓고 세상에 내놓을 만큼 외지고, 충분히 보드라운 모래가 깔린 구석은 아무리 찾아도 없어요. 고양이는 앞발로 식탁보 수납장을 열려고 애씁니다. 맙소사, 바로 저기야, 저 눈처럼 하얗게 빨아 둔 식탁보 위에서라면 근사한 출산을 할 수 있을 거야! 고양이는 고개를 돌려 황금빛 눈으로 나를 봅니다. '인간, 저 물건 좀 열어 줘, 응?' "그건 안 될 말이야, 고양아. 여기 너를 위해 모래를 깔아 둔 바구니가 있잖니. 이보다 더 좋은 걸 어떻게 바랄 수가 있어?" 아, 하지만 물론, 고양이는 훨씬 더 좋은 걸 바라지요. 그래서 앞발로 이제는 책장을 열려 하는군요. 아마 《스펙테이터》 잡지들 사이에 잠자리를 만들거나 시인들 코너에 처박히고 싶은 모양입니다. 그러나 고양이는 또 어미답게 초조해하며 주위를 돌며 또 살핍니다.

확실한 건, 고양이는 이제 출산을 어떻게 해야 하는지 잘 안다는 사실입니다. 적어도 일 년에 두 번, 자연의 섭리대로 꼬박꼬박, 고양이는 대략 네다섯 마리의 새끼를 선사해 주면서 그 새끼들이 고양이로서 품격을 갖춘 삶을 누리게 해 줄 의무를 내게 떠맡깁니다. 그래서 때가 되면 내 친구와 지인들 모두가 우리 고양이가 호사스럽게 많이 낳는 새끼들을 받아 데리고 갑니다. 그러니까 뭐, 숙달된 우리 고양이가 이제쯤은 어떻게 출산을 치러야 하는지 잘 알 수밖에 없지요. 그러나 처음 새끼를 낳을 시간을 앞두고 있을 때도(그때는 어리숙하고 아직 어린 티를 벗지 못한 소년 고양이였는데도) 꼭 앞으로 닥칠 일을 미리 알고 있는 듯 자기 구석 자리를 꼼꼼하고 전문적으로 골랐었어요. 고양이가 정말 미리 다 알고 있었고, 그래서 고양이 언어로 "아무래도 내가 새끼를 낳으려나 봐. 그러니까 우리 아기들이 안전하게 있을 수 있는 비밀 소굴을 찾아내야 해."라고 말했다 해도 얼마든지 납득할 만한 행동거지였다니 까요. 그러나 고양이는 사실 그런 건 하나도 모릅니다. 말할 수 있다면 아마 이런 말을 했겠지요. "이상해. 하루 종일 무언 가 내게 명령을 하는 느낌이 들어. 찾아, 탐색해! 어디 특별한 장소를 찾아…… 아니, 이 팔걸이의자는 아니고. 아니야, 내 가 낮잠을 자는 이 쿠션도 아니야. 그런데 내가 뭘 찾아야 하 는 거지, 왜 그래야 하는데? 무언가가 저 식탁보 수납장 안으 로 들어가라고 종용하잖아. 아니면 침대로 들어가서 이불 밑 에 숨든가. 맙소사, 왜 이렇게 몸이 요동치는 거지? 내가 뭐에 씐 건가?" 고양이는 간혹 정말로 그 폭군 같은 어떤 존재가 내 리는 명령에 귀를 기울이듯 굉장히 심각하고 정신이 팔린 듯 보일 때가 있습니다. 그럴 때 고양이는 굳건한 확신으로 그 명 령을 수행하고 우리 인간은 그것을 '본능'이라고 부릅니다. 어 떤 존재에 최소한 이름은 붙여 줘야 하지 않겠어요.

뭐, 아무튼 좋습니다. 어느 날 아침에(이런 선물은 대개 밤 에 배달되므로) 한구석에서 여섯 마리 고양이 새끼들이 빽빽 울 고 있을 겁니다. 고양이는 새끼들에게 다정하게 어르는 소리 로 응답합니다. 그것은 오로지 새끼들만을 위해서 아껴 둔 음 (音)이지요. 아니 음이 아니라 하모니카로 부는 3도, 5도의 온 전한 코드 같은 소리라고 해야 할까요. 모성을 표현하는 고양 이를 보면 당장이라도 사르르 녹아내릴 것만 같습니다. 움직 임 하나하나가 새끼를 보호하며 한없이 보드랍지요. 러플처 럼 주름이 잡힌 몸은 참을성 있게 뒤로 휘어졌다가 작고 다정 한 앞발로 꼬물꼬물한 새끼들을 모아 어미의 공으로 한데 뭉 칩니다. '봐, 우리는 한 몸이란다.'라고 말하면서요. 집을 떠났다가도 고양이는 눈 깜짝할 새도 안 되어 저 멀리서 팔짝팔짝 뛰어 돌아오며 새끼들을 부르고 어릅니다. 고양이는 완벽하고 광적인 모성애를 과시할 거예요.

그러나 육 주가 흐른 뒤에는, 새끼들의 소굴에서 조용히 폴짝 뛰어나와 녹음이 우거진 어둠으로 사라질 겁니다. 저 멀리서 굵은 알토의 목소리로 울부짖는 수고양이 소리가 들릴 테니까요. 고양이는 아침에서야 비로소 초록색 눈을 커다랗게 뜨고 헝클어진 털을 핥으며 돌아올 테고, 새끼가 목을 축이고 싶어서 혹은 어미의 민감한 수염을 갖고 놀고 싶어서 뛰어나오면 앞발로 탁 쳐낼 테고 그러면 너무나 놀란 새끼는 억울함에 비틀거리며 가 버릴 겁니다. '이리 와, 우리 새끼 고양이, 마음 쓸 필요 없단다, 그런 게 세상의 이치니까. 유년기의 끝이 온 거야. 내가 너희에게 살 곳을 찾아 줘야 할 때가 되었나 보다.'

잘 핥아서 매끈해진 등을 새끼들에게 돌리고 고양이는 창밖을 내다봅니다. 흡사 그 어떤 존재의 명령을 귀담아듣는 모습이네요. '너는 밖으로 나가야 해, 오늘 밤에 외출해, 그가 올 테니까.'

이 주 후 제가 자기 새끼를 데리고 가서 보여 주면, 고양이는 뱀처럼 적의를 드러내며 씩씩거립니다.

5 모성: 개 편

불쌍한 이 개는 어쩌다 이런 지경이 된 건지도 전혀 몰랐습니다. 그저 기분이 슬펐어요, 아주 슬펐지요. 더는 무거운 몸을 가누지도 못하고 소파에 뛰어 올라가지도 못하게 된 개는 멍청하고 민망한 표정을 띠고 엉덩이를 깔고 앉아 있곤 했어요. '내가 뭐에 썰린 건지 모르겠어. 아무래도 죽을 것 같다는 느낌이 들어.' 개는 자기가 처한 상황에 일말의 이해도 없었고 아무 대비도 하지 않았습니다. 그러나 어느 날 저녁 굉장히 낯선 불편한 감각이 덮쳐 왔습니다. "자, 뭘 어떻게 해 주면 좋겠니?" 개는 그저 암담하게 꼬리를 흔들더니 마침내 개집으로 들어갔습니다. 야단맞을 때와 똑같이 부끄러워하는 얼굴을 하고요.

아침이 되자 개집 안에 강아지들이 가득했습니다. 그러나 암캐는 아무리 달래도 개집 밖으로 나오려 하지 않았지요. 집 안에서 그렇게 산더미처럼 새끼를 낳았다고 혼쭐이 날까 봐 겁이 잔뜩 난 것처럼 말입니다. 이십사 시간 동안은 새끼 곁을 한시도 떠나지 않았습니다. 그러나 다음 날이 되자 퍼뜩 뇌리를 스치는 생각이 있었고, 개는 개집 밖으로 황급히 뛰쳐나와 나와 주인에게 펄쩍 달려들었습니다. '와서 좀 봐! 이제 내가 엄마가 됐어! 저 안에 새끼가 백 마리나 있어!'(아홉 마리밖에 없지만, 어차피 개는 다섯까지밖에 못 세니까요.) 그러더니 개는 뿌듯한 마음을 숨기지 못하고 우리의 축하를 받은 후 저녁 식사거리를 사냥하러 갔습니다. 그리하여 어리석은 개는 제 몸의 신비를 이해하게 되었지요.

6 불멸의 고양이

(현실의 고유한 본성에 따라 몹시 하찮은) 이 고양이 이야기의

주인공은 처음에 수고양이, 사실 제가 선물받은 수고양이였습니다. 선물이란 원래 어딘가 초자연적인 데가 있는 법이지요. 하나같이 다른 세상에서 뚝 떨어지기 때문입니다. 천국에서 내려와 우리에게 보내져 제멋대로 우리 삶을 침범하면서 크나큰 희열을 선사합니다. 특히나 목에 파란 리본을 두른 수고양이라면 더욱더. 그 고양이는 다양한 도덕적 자질에 따라 필립, 퍼시, 장난꾸러기, 깡패라고 불렸습니다. 앙고라 새끼였지만 개구쟁이들이 다 그렇듯 헝클어진 매무새에 털은 당근색이었습니다.

어느 날 탐색 여행을 나갔던 녀석은 발코니에서 추락해 어느 여성의 머리에 뚝 떨어졌습니다. 고양이가 할퀸 데다 기분도 심히 상한 김에 여자는 발코니에서 사람 머리로 뛰어내리는 몹시 위험한 동물이라고 비난했습니다. 그러나 솔직히 나는 이 천사 같은 작은 짐승의 무죄를 확신해 마지않았습니다. 하지만 사흘이 지난 후 작은 동물은 최후의 숨을 거두고 말았어요. 비소와 인간의 악의를 뒤섞어 먹고 독살당한 것이지요.

안구에 차오르는 묘한 물기 너머로 녀석이 마지막으로 파르르 떨더니 골반을 푹 꺼뜨리는 모습을 보고 있는데, 바로 그때 문지방에서 야옹 소리가 들렸습니다. 길 잃은 새끼 얼룩 고양이 한 마리가 바들바들 떨고 앉아 있었어요. 기왓장처럼 추레하고 길 잃은 미아처럼 겁에 질려 있었지요. 저런, 이리 오너라, 고양이야. 아마도 그건 신의 손가락, 운명의 의지, 신비스러운 징표, 이름이야 뭐라고 붙여도 좋습니다. 세상을 떠난 녀석이 자기 자리를 대신할 고양이를 보낸 게 분명했으니까요. 삶의 연속성이란 깊이를 가늠할 수 없더군요.

이렇게 해서 겸손한 성격 덕에 푸들렌카라는 이름이 붙은 고양이가 우리 집에 처음 와서 살게 되었습니다. 보다시피 미지의 영역에서 온 녀석이지만, 그 신비스럽고 심지어 초자연적인 기원을 자랑하며 으쓱해 뻐기는 일은 전혀 없었다고 내가 보증할 수 있어요. 오히려 흔한 보통 고양이와 똑같이 행동했답니다. 우유를 마시고 고기를 훔치고 사람 무릎에서 자고 밤에 배회했습니다. 그리고 때가 되자 다섯 마리 새끼를 낳았는데, 한 녀석은 빨갛고 한 녀석은 까맣고 한 녀석은 잡종에 또 한 녀석은 얼룩 고양이, 마지막은 앙고라였습니다.

그래서 나는 알고 지내는 사람들 모두를 불러 구슬리는 작업에 착수했습니다. "내 말 좀 들어 봐." 말머리는 아주 너그럽게 꺼내야 했지요. "아주 멋진 고양이가 있는데 자네한테 줄게." 어떤 친구들은(물론 지극한 겸손 때문일 확률이 아주 높지만) 마음은 굴뚝같으나 안타깝게도 사정이 여의치 않다는 둥 잘 빠져나갔지만, 무방비로 당한 다른 친구들은 한마디 입도 열어 보지 못하고 나한테 손을 꼭 잡혀 "그럼 결정한 걸로 알겠네, 걱정할 필요 하나도 없어, 금세 내가 고양이를 보내 줄 테니까." 하는 소리를 들어야 했어요. 물론 나는 금방 다음 사람을 찾아 뒤도 돌아보지 않고 떠났습니다.

그런 고양이가 어미로서 행복해하는 모습을 보는 건 더할 나위 없이 매혹적인 일이랍니다. 꼭 직접 고양이를 키워 봐야 압니다. 다른 건 몰라도 그 새끼들만 봐도 보람이 넘치니까요. 육 주 후 푸들렌카는 고양이 새끼들이 고양이 새끼답게 살도록 떠나보냈고, 옆 거리에 사는 수고양이의 영웅적인 바리톤을 직접 들으러 떠났습니다. 오십삼 일 후 푸들렌카는 여섯 마리 새끼를 낳았어요. 일 년 하고도 하루가 지나자 고양이들은 열일곱 마리로 불어났습니다. 모르긴 몰라도 그 기적적인 다산성은 홀몸으로 죽은 작은 고양이의 유산이자 사후의 사명이었던 것 같습니다.

나는 언제나 다른 건 몰라도 알고 지내는 지인들만큼은 산더미처럼 많다고 자부해 왔으나, 푸들렌카가 새끼를 생산하기 시작한 후로는 이생에서 지독하게 외로워지고 말았습니다. 이를테면 스물여섯 마리의 새끼 고양이를 선물해 줄 사람이 아무리 찾아봐도 하나도 없는 거예요. 내 소개를 해야 할 자리가 생기면 나는 내 이름을 중얼거린 다음에 이 질문을 던졌습니다.

"그런데 고양이 키우고 싶지 않으세요?"

"무슨 고양이요?" 그러면 사람들은 의심 가득한 말투로 되묻지요.

"아직 모르겠어요." 보통 내 대답은 이러했습니다. "또 새끼 고양이들이 좀 생길 것 같아서요."

머지않아 사람들이 나를 피해 다닌다는 느낌이 들기 시작하더군요. 아마 고양이 운이 좋아도 너무 좋은 내가 질투가 나서 그럴 테지만요. 브렘[16] 말에 따르면 고양이는 일 년에 두 번 새끼를 낳습니다. 하지만 푸들렌카는 계절은 아랑곳없이 일 년에 네 번 새끼를 낳았습니다. 초자연적인 고양이였으니까요. 누가 봐도 죽음을 맞은 그 고양이에 대한 복수와 보상으로 그 대신 백배로 삶을 살아내고야 말겠다는 고귀한 사명을 띠고 있는 것이 틀림없었어요.

정력적인 다산성으로 가득한 삼 년을 지낸 푸들렌카는 급

---

16   알프레트 브렘(Alfred Brehm, 1829~1884). 독일의 동물학자.

작스러운 죽음을 맞았습니다. 한 관리인이 등뼈를 부러뜨려 죽이고는, 고양이가 자기 식료품 창고의 거위 한 마리를 잡아 먹었다는 근거도 없는 핑계를 둘러댔어요. 그런데 푸들렌카가 없어진 바로 그날, 내가 억지로 옆집에 떠맡겼던 푸들렌카의 막내딸이 우리에게 돌아왔고 세상을 떠난 어미의 이름을 물려받아 직계 푸들렌카 2세로서 우리 집에 살게 되었습니다. 아기 고양이는 완벽하게 어머니의 역할을 이어받았지요. 아직 애티를 벗지 못한 채 처음 배가 불러오기 시작했고 세상에 네 마리 새끼 고양이를 선보였습니다. 한 마리는 까만색에 고귀해 보이는 고양이, 또 한 마리는 브르쇼비체 종의 당근색이 섞였고, 한 마리는 스트라슈니체 고양이의 긴 코를 가졌고, 넷째는 말라슈트라나의 고양이처럼 콩 같은 얼룩무늬였습니다. 푸들렌카 2세는 자연의 법칙대로 꼬박꼬박 일 년에 세 번씩 새끼를 낳았어요. 이 년 삼 개월 후에는 각양각색 각종의 스물한 마리 새끼 고양이로 이 세상을 풍요롭게 만들어 주었습니다. 딱 한 마리 맨 섬 고양이가 꼬리 없이 태어났을 뿐이에요. 그 스물한 마리 새끼 고양이로 말하자면 이제 더는 판로를 찾을 수가 없었습니다. 지인의 반경을 늘리기 위해서 자유사상 단체나 묵주 형제단이라도 가입해야 하나 보다 막 마음을 정했을 무렵, 이웃집 롤프가 푸들렌카 2세를 물어 죽였습니다. 우리는 푸들렌카 2세를 집으로 데려와 침대에 눕혔지요. 턱이 아직도 떨리고 있었어요. 그러다 턱은 흔들림을 멈췄고 빽빽한 털에서 벼룩들이 기어 나왔습니다. 이건 고양이가 죽었다는 명백한 징표지요. 그래서 살아남은 새끼 중에서 도저히 갈 곳을 찾을 수 없던 하나가 푸들렌카 3세가 되어 우리 집에 살게 되었습니다. 사 개월 후 푸들렌카 3세는 새끼 다섯 마리를 낳았습니다. 그리고 십오 주의 정기적인 간격을 두고 성실하게 이생에서의 의무를 이행하기 시작했지요. 올해 큰 서리가 내렸던 시기를 제외하면 한 주기도 놓치지 않았지요.

여러분은 푸들렌카 3세의 사명이 뭐, 그렇게 대단하고 불멸의 의미를 지녔는지 모르겠다고 할 수도 있어요. 겉보기에는 평범한 얼룩무늬의 서민적인 고양이로 가장의 무릎이나 침대에서 꾸벅꾸벅 졸며 하루를 보내기 때문이지요. 푸들렌카 3세는 일신의 편안에 관한 한 고도로 발달된 감각을 지녀 인간과 동물에 대한 건전한 의심을 거두지 않고, 꼭 그래야 한다면 결사적으로 자기 이익을 지켜 낼 능력도 있습니다. 그러나 십오 주가 지나자 다시 발정이 나 불안해졌으며 초조하게 문간에 앉아 이해해 달라고 호소하더군요. "인간, 빨리 나 좀 내보내 줘, 배가 아파." 그러더니 쏜살처럼 저녁의 어둠 속으로 달려 나가 아침이 되어서야 눈 밑에 시커멓게 피로한 기색을 하고 우울한 얼굴로 돌아왔습니다. 그럴 때면 올사니 공동 묘지가 있는 북쪽에서 거대한 검은 수고양이가 내려오지요. 브르쇼비체가 있는 남쪽에서는 당근색 외눈박이 전사가 올라옵니다. 문명의 발원지 서쪽에서는 타조 같은 털이 덤불처럼 무성한 앙고라 고양이가 나타나고요. 아무것도 없는 동쪽에서는 꼬리를 말아 올린 신비스러운 하얀 동물이 등장합니다. 그러면 한가운데 소박한 얼룩 고양이 푸들렌카 3세가 앉아 매혹에 홀린 불타는 눈으로 수고양이들의 울부짖음, 숨죽인 탄성, 살해 위협을 당하는 어린아이 같은 비명, 술 취한 선원의 포효 같은 소리, 고양이 교향악의 색소폰, 드럼과 기타 등등의 악기 소리에 귀를 기울입니다. 확실히 말하자면 수고양이에게는 힘과 용기뿐 아니라 끈기가 필요합니다. 가끔은 이 묵시

록의 네 고양이가 푸들렌카의 집을 일주일씩 포위하고 현관문을 바리케이드로 막고 창문을 통해 집 안으로 드나들며 한마디로 지옥 같은 악취를 남기고 갑니다. 그러다 마침내 운명의 밤이 오면 푸들렌카 3세는 외출하고 싶은 의지를 모두 잃습니다. "나는 잘래." 푸들렌카는 말합니다. "잘래, 영원히 잠들게 해 줘. 잠, 꿈……. 아, 나는 정말 불행해!" 그 후로 적당한 시간이 지나고 푸들렌카는 새끼 다섯 마리를 출산했습니다. 이 문제에 관해서라면 나는 이미 상당한 경험이 있었지요. 다섯 마리가 나오겠구나. 벌써 눈앞에 훤히 그림이 그려졌지요. 그 소중하고 귀여운 작은 덩어리들, 발을 구르고 온 집 안을 보드라운 발로 사뿐사뿐 밟고 다니고, 전등을 잡아당겨 쓰러뜨리고 슬리퍼에 소담한 오줌 웅덩이를 만들고 내 다리 위를 기어 다니고 허벅지를 타고 올라오고(제 다리는 라자루스처럼 할퀸 상처투성이가 됩니다.) 코트를 입을 때 소매에서 고양이가 나오고 넥타이를 하려고 보면 침대 밑에 들어가 있고…… 아이들은 걱정할 일이 많다고, 누구나 말합니다. 사실 잘 키워내는 것만으로 끝이 아닙니다. 미래를 탄탄하게 보장해 주어야 한단 말이지요.

편집부 사무실 식구들은 이제 모두 제게서 고양이를 한 마리씩 받아 키우고 있습니다. 아주 좋아요, 그럼 이제 다른 데로 직장을 옮겨야겠다는 생각이 드네요. 나는 어떤 사교 모임, 단체라 해도 최소한 고양이 스물한 마리만 받아 준다면 기꺼이 이름을 올릴 각오가 되어 있어요. 이 적대적인 세상에서 다음 세대, 또 다음 세대, 그다음 세대가 살 자리를 찾아 주려고 내가 고투를 벌이는 사이, 푸들렌카 3세 혹은 푸들렌카 4세는 갸르릉 목구멍을 울리며 앞발을 모아 깔고 앉아서 고양이의 목숨이라는 불멸의 실을 자을 테니까요. 고양이는 고양이 세계의 꿈을 꿀 것입니다. 무한히 많은 고양이 무리, 충분한 수가 되면 권력을 쟁탈해 우주를 장악할 고양이들의 꿈. 그것이 바로 죄 없이 죽임을 당한 작은 앙고라 수고양이가 푸들렌카에게 부여한 임무인 까닭에.

자, 그럼, 진지하게 하는 말인데, 고양이 한 마리 키울 생각 없으신지요?

7 봄날의 고양이들

사실은 벌써 끝났습니다. 우리 인간들이 여전히 달달 떨며 기침을 하는 사이, 우리의 봄날, 은퇴한 신사와 연인과 시인의 봄날을 아직도 기다리고 있는 사이에, 우리 고양이들은 이미 위대한 봄의 모험을 끝내고 이삼 주에 걸친 사랑의 도피 행각에서 돌아왔단 말입니다. 용마루 기와처럼 울퉁불퉁하고 쓰레기 더미에서 주운 넝마처럼 더러운 꼴로 돌아오자마자, 우유가 담긴 접시로 직행했다가는 삽시간에 인간의 품으로 폴짝 안겼습니다. 우리 죄 많은 인간이 신 곁에서 안전하고 건강하다는 느낌을 받듯 고양이는 인간과 바짝 붙어 있어야 편안하기 때문이지요. 그러고 나면 고양이는 황금빛 눈을 깜박이고 부드럽게 가르랑가르랑 소리를 냅니다. "위대한 인간, 이제 다시는 그러지 않을게. 내가 무슨 일을 겪었는지 아마 모를 거야! 그 줄무늬 양아치나 꼬리를 물려 뜯긴 짐승 생각은 하지 않을래. 그 신의도 없는 놈, 그 야만스러운 고양이 같으니라고……. 아, 다시 집에 오니 얼마나 좋은지 몰라!"

이처럼 먼저 찾아온 고양이의 봄을 좀 설명하고 싶습니다. 수천 마리가 새끼를 위해 미리 먹이를 준비해 놓고 나른하게 허리를 축 늘어뜨린 채 한껏 부푼 배를 안고 집 안을 조용히 돌아다닙니다. 다만 고양이가 출산의 진통을 시작할 때는 침대에 들어가지 못하게 조심하세요. 고양이가 눈도 못 뜨고 꼬리만 달달 떨며 깩깩 우는 생쥐 같은 새끼들을 두세 마리 세상에 선보이면 그때부터는 무한한 어미의 사랑이 시작됩니다. 고양이는 감정에 복받쳐 더욱 다정하고 기품 있어질 테고, 한쪽으로 몸을 말고 누워 온몸과 네 발 모두를 써서 팔딱거리는 새끼들을 보호할 거예요. 그리고 제 몸뚱어리를 말아 새끼를 위한 동굴, 집, 작은 은신처로 만들어 새끼들이 쨱쨱 내는 작은 울음소리 하나하나에 다정하게 어르는 목소리로, 오로지 이때만을 위해 아껴 둔 목소리로 대답해 줄 겁니다. 그리고 어찌나 현명하고 희생적으로 새끼들에게 젖을 물리는지 우리는 이 동물의 부모다운 사랑이 취하는 지혜와 창의적인 실천 앞에 말없이 경이로워할 뿐이지요.

그리고 바로 이 순간에도 내 시선이 깔리는 곳에는, 아마도 어리고 무지해서 다소 서둘러 봄날을 맞은 고양이가 앉아 있습니다. 처음으로 모험을 나섰다가 어미가 된 녀석이지요. 그래서 세 마리 깩깩거리는 꼬맹이들을 세상에 내보냈는데, 문제는 미처 놀라움을 가라앉히기도 전에 새끼들이 다 없어져 버렸다는 사실입니다. 주인이 남에게 다 주어 버렸기 때문이에요.

그래서 이제 나는 어미 고양이의 불안과 초조라는 주제를 확장해 모성의 신비를 사색하고자 합니다. 다만 내가 감지하는 신비는 좀 달라요. 고양이가 조바심을 치는 건 사실이지만 마음의 괴로움에 대해서는 사실 내가 뭐라 말할 수가 없으니까요. 오히려 고양이는 정확히 아직도 새끼가 그대로 있는 것처럼 행동합니다. 예전에는 쓰지 않던 어조로 온갖 소리에 다정하게 응답하고, 예전과 전혀 다른 자세로 눕고, 한쪽 옆으로 몸을 말고 눕고, 보드라운 앞발을 굽혀 보호하려는 태세를 취합니다. 얼마쯤 시간이 흐르면 불편해하며 반대편으로 자세를 바꾸는데, 쓰지 않은 젖을 교대로 물리려는 게 틀림없었습니다. 고양이는 젖을 찾아 울며 끽끽거리는 새끼들에게 에워싸여 있을 때 할 법한 행동을 똑같이 수행합니다. 새끼들의 부재는 마음을 어지럽게 하지만 혼동을 주지는 않습니다. 어루만지고 쓰다듬어 주고자 하는 내면의 열정이 폭발합니다. 고양이는 쓰다듬어 주고 돌봐 주고 얼러 달라고 나를 닦달합니다. 고양이의 몸은 만져 주는 손길과 신체적 접촉에 대한 욕구로 달아오르지요. 어미 고양이의 자세로 몸을 말고 누운 녀석을 내가 만져 주면 고양이는 강렬한 희열에 가르랑가르랑 목을 울리며 만족스러운 소리를 냅니다. 자연의 법칙에 따라 하게 되어 있는 일을 수행하고 있다고 해야겠네요. 고양이는 상황에 맞지 않는 행위를 하고 있지만, 사실은 이미 정해진 강령에 따를 뿐입니다. 사람들은 어미 고양이가 새끼들과 대화를 하느라 어르는 소리를 낸다고 생각하지만, 사실은 까마득한 옛날부터 새끼를 가지면 어떻게 해야 한다고 처방을 받았기에 그에 따를 뿐이지요. 이건 아득한 과거에 쓰인 두루마리가 저절로 펼쳐지는 것과 같습니다. 그 어리석은 회색 얼룩 고양이는 다정하게 어르는 어미가 아닙니다. 부드럽게 어르며 우는 암컷은 자연 그 자체며, 이 넋 나간 암고양이보다 백배는 더 오래되고 백배는 더 열정적인 어미입니다. 이미 목적이 한

켠으로 밀려났는데도 본능이 맹목적이고 완벽한 기능을 이토록 명확하게 드러낸 적이 또 있던가요. 느닷없이 융통성 없는 기계적 원칙이 빛을 발합니다. 그리하여 고양이는 해야 할 일을 한없이 섬세하게 수행합니다. 고양이는 아무것도 주도하지 않아요. 본능의 영역이 엄밀하고 변치 않는 효력으로 도출되는 것이죠.

그리고 우리네 이상하고 간혹 어리숙한 인간들은 언제 어떤 방식으로 우리가 이 장엄한 본능의 날줄에서 이탈했는지조차 알지 못합니다. 인간의 어머니는 처음 아기를 끌어안을 때 해야 할 행동을 머릿속에서 새로 생각해 내야 합니다. 인간은 무엇이든 자기가 스스로 위험을 감수하고 배워야 합니다. 심지어 모성도, 심지어 삶 그 자체마저도 말이지요. 그러나 인간이 본능의 조종을 받는다면 그 어떤 새로운 일도 할 수 없고 어떤 문제도 끝까지 생각해서 해답을 찾을 수 없고 과거에 존재하지 않았던 것을 창조할 수도 없었을 겁니다. 인간의 창의성은 본능적이지 않거든요. 본능은 보수적이며 불변하며 몰개성적이고 종에 부과된 행위를 영원히 반복합니다. 인간의 세계에 개인적 주도권과 참된 탐색과 발견, 참된 등정이 있는 건 지성 덕분입니다.

예술 또한 지성의 작업, 의식적 의지의 소산이라고 말하고 싶습니다.

그러니까 저리 가라, 이 바보 고양이야, 우리는 이제 서로 이해하는 사이가 아니야.

이건 내 인간이다. 나는 그가 두렵지 않다.

그는 아주 많이 먹기 때문에 힘이 굉장히 세다. 그는 뭐든지 먹는다. 뭘 먹고 있는 거야? 나도 좀 줘!

털이 없으므로 아름답지는 않다. 침도 못 흘려서 물로 세수를 해야 한다. 퉁명스러운 목소리로 야옹거리는데, 어찌나 자주 우는지. 가끔은 잘 때도 가릉거린다.

"나 들어가게 문이나 좀 열어 줘."

어째서 그쪽이 주인이 됐는지 모르겠다. 뭔가 대단한 먹이를 먹었나 보다.

인간이 내 방을 어지르는 일은 없다.

그는 앞발로 검고 날카로운 발톱을 잡고 하얀 잎사귀에 글을 새기는 데 쓴다. 다른 방식으로는 놀 줄 모른다. 낮이 아니라 밤에 잠을 자고, 어둠 속에서는 앞을 보지 못하고, 낙이 하나도 없다. 피 생각도 하지 않고, 사냥이나 싸움 생각도 하지 않고, 사랑을 담아 노래하지도 않는다.

내 귀에 마술적이고 신비스러운 목소리들이 들리고 어둠이 내리면서 내 눈앞에서 만물이 살아 움직이기 시작하는 밤이면, 인간은 책상 앞에 고개를 숙이고 앉아 그 검은 발톱을 붙잡고 하얀 잎사귀에 글을 새긴다. 그렇다고 내가 네 걱정을 한다고 생각하면 오산이야. 네 발톱의 부드러운 사각사각 소리를 들을 뿐이니까. 가끔 사각거리는 소리가 멈추고, 불쌍하고 피로한 머리가 노는 법마저 잊었을 때, 그때는 인간이 안됐다는 생각이 든다. 그래서 다가가서 달콤하고 감질나는 불협화음으로 나직하게 야옹거리며 울어 준다. 그러면 내 인간은 나를 안아 들고 따뜻한 제 얼굴을 내 털에 묻는다. 바로 그럴 때면, 아주 짧은 찰나 더 높은 존재가 섬광처럼 그의 내면에서 깨어나는데, 그러면 인간은 행복감에 한숨을 내쉬고 거의 알아듣기 힘든 소리를 가르랑가르랑 낸다.

하지만 그렇다고 내가 네 걱정을 한다고 생각하면 오산이지. 너는 나를 따뜻하게 해 주었으니 이제 나는 다시 가서 어두운 목소리에 귀를 기울일 거야.

9 고양이

아주 부드럽게 높은음을 휘파람으로 불면 고양이가 왜 흥분하는지 누구 설명해 줄 분 계신가요? 영국과 이탈리아와 독일 고양이에게 모두 실험해 본 적이 있습니다. 지리적인 차이는 전혀 없었어요. 고양이는 인간의 휘파람 소리를 들으면(특히 『호프만의 이야기』에 나오는 뱃노래를 최대한 높은 음조로 불면) 어김없이 홀린 듯 다가와 몸을 비벼 대고, 무릎에 뛰어 올라오고, 당혹스러워하면서 입술에 코를 대고 킁킁거리고 사랑의 흥분에 취해 온갖 행동을 하다가 결국 관능적 박탈감을 표현하며 열정적으로 입이나 코를 감작거리기 시작합니다. 그러다 보면 당연히 휘파람을 멈추게 되고, 그러면 고양이가 작은 모터처럼 거칠게, 열심히 푸르르 울기 시작합니다. 나는 그 생각을 아주 많이 해 봤는데, 지금까지도 어떤 까마득하게 오랜 이유로 고양이가 휘파람을 좋아하는지 알아내지 못했습니다. 원시 시대라고 해서 수고양이가 오늘날처럼 금속성의 쉰 알토로 울부짖는 소리 대신 아주 나직한 휘파람 소리를 냈을 것 같지는 않아요. 아마 그 아득한 야만의 시대에는 고양이의 신이 있었고, 그래서 충실한 신도들에게 마술의 휘파람 소리를 들려주었을지도 모르지요. 그러나 이건 가설에 불과하고 여전히 음악의 매혹은 고양이의 영혼에 내재한 여러 미스터리 중 하나로 남아 있습니다.

인간은 자기가 인간을 안다고 생각하듯 고양이를 안다고 생각합니다. 고양이는 의자 밑에 기어들어 몸을 웅크리는 동물이고, 가끔은 고양이만의 이유로 거리를 배회하며, 재떨이를 엎기도 하고, 대부분 시간을 열렬하게 온기를 즐기는 데 할애하는 동물입니다. 그러나 나는 고양이의 신비스러운 본질을 로마에 가서야 깨달았습니다. 한 마리가 아니라 눈앞에 무려 오십 마리쯤 되는 고양이의 무리가 트라얀 기둥을 둘러싸고 떼 지어 몰려 앉아 있는 모습을 보았던 거죠. 오래된 포럼의 유적이 발굴되어 광장 한가운데 분지를 이루고 있었습니다. 그런데 물이 말라 드러난 저수지 바닥에, 무너진 기둥과 조각상들 사이에 독립적인 고양이의 종족이 살고 있었어요. 그들은 성격 좋은 이탈리아 사람들이 위에서 던져 주는 생선 내장을 먹고 살았지요. 그 고양이들은 달을 숭배하는 일종의 의례를 치렀고, 그 외에는 아무리 봐도 하는 일이 하나도 없었습니다. 그때 나는 깨달았어요. 고양이는 단순히 고양이 한 마리가 아니고 뭔가 신비스럽고 가늠할 수 없는 존재라는 사실을요. 고양이는 야생의 동물이라는 실감이 덮쳐 왔죠. 이십 마리도 넘는 고양이들이 이동하는 모습을 보면 고양이는 걷지 않고 다만 먹이를 찾아 배회한다는 깨달음이 별안간 뇌리를 스칠 겁니다. 인간들 사이에서 고양이는 그저 고양이입니다. 고양이들 사이에서 고양이는 정글을 배회하는 그림자입니다. 물론 고양이는 누가 뭐래도 인간을 신뢰해요. 그러나 고양이는 신뢰하지 않지요. 우리보다 고양이를 더 잘 알기 때문입니다. 사람들은 사회적 불화 관계를 개와 고양이 같은 사이라고 부릅니다. 그러나 나는 개와 고양이가 아주 친한 친구가 되는 모습을 자주 본 반면, 두 마리 고양이가 친밀한 관계를 맺는 모습은 본 적이 없습니다. 물론 고양이가 발정이 나고 사랑에 빠지는 관계는 제외하고 하는 말이에요. 트라얀 기둥의 고양이들이 뚜렷이 보이는 특성은 서로를 무시하는 태도였습니다. 같은 기둥에 앉을 때면 등을 대고 앉아서, 등 뒤의 추레한 존재를 도저히 참아 줄 수 없다는 의미로 불안하게 꼬리를 흔들어 댑니다. 고양이는 고양이를 보면 쉭쉭 위협을 하죠. 고양이들은 공통의 목표를 갖는 법이 없습니다. 서로 할 말도 없죠. 기껏해야 경멸적이고 부정적인 침묵 속에서 서로 묵살할 뿐이에요.

그러나 여러분과는, 그러니까 인간과는 대화를 합니다. 울며 어르고, 눈을 들여다보며 말하죠. 문을 열어, 인간, 이 문을 열라고. 줘, 이 먹보 같으니라고, 네가 먹고 있는 거 그거 달라고. 나를 쓰다듬어. 뭐라고 말해 봐. 내 의자에 앉혀 줘. 여러분에게 고양이는 고독한 야생의 영혼이 아닙니다. 고양이는 집에서 키우는 고양이일 뿐이지요. 왜냐하면 고양이가 당신을 믿기 때문입니다. 야생 동물이 야생인 이유는 신뢰가 없기 때문이거든요. 길든 상태란 바로 서로에게 확신을 품는 상태입니다.

그래서 결국 우리 인간은 서로 신뢰하는 한 어느 정도는 야생성을 버릴 수 있습니다. 이를테면 집에서 나와서 처음 만나는 인간을 내가 믿을 수 없다면, 나는 다가가면서 위협적으로 으르렁거리고 근육에 단단하게 힘을 주어, 신호가 떨어지면 그 즉시 상대의 목덜미를 물 채비를 갖출 겁니다. 트램을 같이 타는 인간들을 믿을 수 없다면 벽을 등지고 서서 상대의 기를 꺾으려 으르렁거릴 테고요. 하지만 나는 훤히 등을 드러내고 돌아서서 조용히 손잡이에 매달려 신문을 읽습니다. 거리를 걸을 때도, 지나치는 행인이 내게 무슨 짓을 할까 걱정하는 대신 일 생각을 하거나 두서없는 상념에 빠집니다. 사람들이 나를 잡아먹을까 봐 걱정하며 일거수일투족 감시해야 한다면 끔찍할 거예요. 불신의 상태는 야만의 첫 단계입니다. 불신은 정글의 법칙입니다.

불신을 조장하여 연명하는 정치는 야생의 정치학입니다. 인간을 믿지 않는 고양이는 인간을 인간으로 보는 게 아니라 야생 동물로 봅니다. 인간을 믿지 않는 인간 역시 야생 동물을 봅니다. 상호 신뢰의 조직은 문명 전체보다 오래되었고, 인류는 여전히 인류로 남아 있습니다. 그러나 신뢰의 상태를 무너뜨린다면, 인간의 세계도 야생 동물의 세계로 전락하고 말 겁니다.

이제 나는 우리 집 고양이를 쓰다듬으려 한다는 말을 하고 싶네요. 이 고양이는 프라하 뒷골목 알 수 없는 황무지를 헤매다 내게로 흘러 들어온 작은 회색 동물일 뿐이지만, 나를 믿고 신뢰하기 때문에 내게 크나큰 위안을 줍니다. 고양이가 말하네요. "인간, 내 귀와 귀 사이를 좀 간질여 봐."

옮긴이의 말

반려동물 집사의 기쁨과 슬픔,
하여 인류와 세계의 희망

　카렐 차페크는 '로봇'이라는 유명한 단어의 창시자이자 SF 문학의 대부로 잘 알려져 있다. 그러나 정작 차페크 본인은 '장르 문학' 작가로 소개된다는 사실을 알게 된다면 고개를 갸웃거릴지 모르겠다. 차페크는 장르를 가리지 않는 소설가였고 기자였고 철학자였으며 희곡 작가였고 수필가였고 번역가였고 삽화가였고 전기 작가였고 동화 작가였고 적극적으로 현실 정치에 참여했을 뿐 아니라 무엇보다 판타지 자체에는 큰 관심이 없었다. 아무리 도롱뇽들이 인간이라는 종을 말살하고 지구의 지배자가 되는 '황당한' 소설을 쓰고, 로봇의 반란이라든가 불멸의 묘약을 먹고 영원한 젊음을 누리는 여가수를 극으로 다루었다 해도 그런 기발한 상상들은 언제나 인간과 세계의 현실에 대한 구체적 염려와 성찰이 그때그때 우연히 취한 형태에 불과했다. 표면은 다를지언정 작품의 저변은 언제나 변함이 없었다. 환상이 아닌 현실 속에 생명을 가지고 존재하는 모든 것, 무해하고 여린 생명체들에 대한 애정이 뜨겁게 펄떡이며 흐르고 있었다는 말이다. 그리고『개를 키웠다 그리고 고양이도』는 그런 점에서, 어쩌면 너무나 카렐 차페크다운 에세이다.

*

1890년 당시 오스트리아 헝가리 제국이었고 훗날 체코 공화국이 되는 말레 스보토뇨비체에서 태어난 카렐 차페크는 지금까지 체코인들에게 가장 사랑받는 작가라 해도 과언이 아니다. 체코가 차페크를 사랑하는 이유는 물론 수없이 많다. 민족성을 드러내는 위트와 유머 감각, 다채로운 서사적 본능, 그리고 쉽고 명징한 구어체를 활용해 풍요로운 체코어의 결을 포착함으로써 체코 근대어의 문학성을 수립하는 데 성공한 특유의 문체도 빼놓을 수 없겠다. 그러나 가장 중요한 이유는 아마도, 카렐 차페크라는 이름이 자동적으로 오스트리아 헝가리 제국의 몰락과 그 결과 탄생한 최초의 체코 민주 공화국을 애틋하게 환기하기 때문일 것이다.

차페크는 T.G. 마사리크 초대 대통령에서 실용주의 철학자이기도 했던 에두아르도 베네시 2대 대통령으로 이어지는 체코의 첫 자유민주주의 진영과 그 정치철학을 일평생 열렬히 지지했으며, 치욕적인 나치스 강점으로 짧았던 조국의 자유와 희망이 거짓말처럼 스러져 버림과 동시에 세상을 떠났다. 1938년 뮌헨 회담에서 독일 히틀러 정권의 체코 영토 점령을 서구 사 개국 정상이 묵인하기로 하자 꾸준히 파시즘과 전쟁에 반대해 온 차페크는 극심한 정신적 충격을 받았고, 마지막까지 사태를 되돌리고자 식음을 전폐하고 호소문과 청원을 쓰며 건강을 심하게 해쳤다.

독일 게슈타포에게 '공공의 적'으로 지목된 차페크는 행인지 불행인지 조국 체코가 끝내 나치스에게 완전히 점령당하기 직전인 1938년 크리스마스에 급작스러운 인플루엔자 감염과 폐렴으로 사망했다. 그러지 않았다면 십중팔구 수많은 작품을 함께 창작한 '영혼의 동반자'이자 유명한 입체파 화가인, 그리고 이 책에 들어갈 삽화를 함께 그렸던 친형 요세프 차페크처럼 나치의 강제 수용소에서 최후를 맞지 않았을까.

*

험난한 격동의 시대에 투철한 참여의식으로 정치와 외교에 발을 벗고 나섰던 작가인데도, 차페크의 글에서는 위압적인 무게감을 찾아볼 수 없다. 위트와 풍자는 차페크 문학의 생명이다. 인류라는 종을 사랑했지만, 그 치부 역시 냉정하게 직시했던 차페크는 애정과 비판의 간극을 촌철의 유머로 채웠다. 인류의 멸절마저 멀지 않게 느껴졌던 20세기 초반의 유럽, 무너지는 한 세상을 바라보면서도 차페크의 시선은 아이러니한 웃음기로 가득하고 비관에 빠지지 않았다. 『R.U.R.』이라든가 『곤충 희극』, 대작 『도롱뇽과의 전쟁』에서는 기막히고 황당한 사건들이 채플린의 희극처럼 촘촘하게 쌓여 눈덩이처럼 불어난 어리석은 인간의 선택은 끝내 무서운 결과를 초래하지만, 풍자와 해학이 이 작품들을 시커먼 절망에서 구원한다. 당시 팽배했던 허무주의나 비관적 숙명론은 차페크와 전혀 어울리지 않았다.

위트와 유머는 희망의 방증이다. 차페크는 끝까지 한 사람 한 사람이 진정 사람다울 때 인류와 세계에 희망이 있다고 믿었고 압도적인 반대 증거에도 불구하고 끝까지 그 믿음을 놓지 않았다. 미국 극작가 아서 밀러의 표현을 빌리자면 "차페크는 우리가 살아내는 평범한 현실이 상상처럼 불변이라든가 불가역적이지 않다고, 천진난만하게 믿고 전제한다."라는 점에서 특별했던 셈이다. "유토피아 작가들은 사람을 별로 좋아하지 않는데, 차페크의 정신은 넉넉하고 사람을 반기며 현재 우리 세계의 종말을 개연성 있게 그려 내면서도 잘난 척하지" 않았다. 차페크의 웃음은 치부를 드러내고 치유하며, 절망을 극복한다. 발랄하고 경쾌하게 멸망을 자초하는 차페크의 인류는 역설적으로 기묘한 희망을 여운으로 남겼다. 시대와 역사를 넘어 오로지 믿어야 할 것은 관념화되지 않은, 뜨거운 체온으로 살아 일상과 주위를 돌보는 사람, 오로지 평범한 사람뿐이라고.

*

이렇게 보면 『개를 키웠다 그리고 고양이도』는 반려동물과 함께 살면서 일거수일투족을 찬찬히 지켜보고 돌봄에 정성을 쏟는 집사의 소소한 기쁨과 슬픔이야말로 차페크 자신이 믿고 옹호했던 인간성의 핵심이라고 선언하는 듯한 책이다. 실제로도 2차 세계 대전에 휘말린 체코 국민들은 폭스테리어 강아지에게 들려주는 연작 동화 『다셴카』에서 큰 위로를 받았다고 한다. 부조리한 학살과 폭력 속에서 일상이 무너져 내릴 때야말로, 반려동물과 반려식물과 가족과 이웃과 나로 구성된 소중한 세상의 진정한 가치가 그 어느 때보다 찬란하게 빛나기 마련이니까. 인류와 세계의 미래가 막막하고 캄캄하기만 할 때, 희망은 지금 이 순간, 바로 옆에 있는 생명체들에게 최선의 호의와 따뜻한 애정을 베푸는 일에서만 찾아지는 법이다. 이를테면 어린 강아지에게 동화를 지어 들려주는 마음, 세상을 떠난 고양이의 이름을 오래도록 버리지 못하고 대를 물려 전해주는 마음, 애틋하고도 우스꽝스러운 그런 마음들이 모여 세상을 구원할 것이다.

    덧붙이는 말.
    다만 이 책에 실린 글들이 20세기 초반 유럽에 쓰였음을, 부디 독자 여러분이 잘 알고 이해해 주길 바란다. 우생학이 유행하고 민족주의가 득세하고 인간 중심주의가 지금보다 훨씬 노골적이었던 당시 서구에서는 반려동물에 대한 태도나 관습이 지금과는 사뭇 달랐다. 따라서 한 배 새끼가 너무 많이 태어났을 경우 몇 마리만 남기고 물에 빠뜨려 죽인다든가, 순혈 품종을 우월하게 여긴다든가, 특정 품종 강아지의 귀나 꼬리를 자르는 등, 지금의 기준에는 마땅히 잔인하고 무도하게 느껴질 관습이 이 책에서도 가끔 아무렇지 않게 그려지곤 한다는 점을 이 지면에 꼭 밝혀 두고 싶다.

2021년 11월
김선형

작가 연보

1890년   오스트리아 헝가리 제국 보헤미아의 말레 스바
                토뇨비체에서 출생. 의사 안토닌 차페크Antonín
                Čapek와 가정주부 보제나 차프코바Božena
                Čapková의 막내로 태어남. 형 요세프Josef와 누나
                헬레나Helena는 훗날 각기 화가와 작가로 명성
                을 날리게 되며 평생에 걸쳐 동생 카렐에게 영
                혼의 동반자가 되어 줌.

1895~1900년(5~10세) 아버지가 병원을 개업하고 있던 우피체에
                서 초등학교를 다님. 1890년 차페크의 언어와 사
                회사상에 큰 영향을 끼친 할머니와 함께 살게 됨.

1901년(11세)   대도시에서 교육받기 위해 동부 보헤미아의 주
                도 흐라데츠크랄로베로 할머니와 함께 이사해
                중고등학교 이 년을 보냄.

1905년(15세)   불법 학생 단체에 가입했다는 이유로 고등학교
                에서 퇴학당함. 결혼한 누나 헬레나가 살던 브
                르노로 이주해 학업 지속.

1907~1909년(17~19세) 부모님과 프라하로 이주. 명문 아카데

미김나지움에서 이 년간 공부하고 전 과목 A 성
적으로 졸업.

1909년(19세) 9월에는 형 요세프와 뮌헨을 여행함. 박물관, 대
학 등 문화유산에 깊은 감명을 받음.

10월에는 중부 유럽에서 가장 오래된 대학인 프
라하의 카렐대학교 철학과에 입학.

1910년(20세) 독일 베를린의 프리드리히빌헬름대학에서 2학
년 과정을 수강.

1911년(21세) 대학 3학년 1학기는 카렐대학에서, 2학기는 프
랑스 파리의 소르본대학에서 수학. 학기를 마친
후 프랑스를 여행한 후 다시 체코로 돌아와 삼
년간 학업에 매진함.

1914년(24세) 세르비아 황태자 부부 암살 사건을 계기로 1차
세계 대전 발발. 대량 학살 무기와 화학전 등 문
명의 이기가 총동원된 잔인한 전쟁은 서구 지식
인들로 하여금 세계와 인류의 미래에 대한 깊은
우려와 인간성에 대한 전반적 회의를 품게 함.
애국자였던 카렐 차페크의 입장에서는 체코 독
립 공화국을 가능하게 해 준 역사적인 분수령이
됨. 새로 수립된 체코 민주 공화국에서 카렐 차
페크는 문화적 선각자로 큰 역할을 담당하게 됨.

1915년(25세) 에드바르트 베네시Edvard Beneš 박사(훗날 2대
체코 대통령)를 사사하며 실용주의를 수용함.
철학 석사 학위를 받음. 허리 이상을 진단받아
1차 세계 대전 징집에서 면제됨. 이때부터 만성
척추 통증은 평생의 짐이 됨.

1916년(26세) 산문집 『빛나는 심연 외Zářivé hlubiny a jiné prózy』

출간, 요세프 차페크와 공저.

1917년(27세) 『그리스도의 십자가Boží muka』 출간. 잡지《나로
             드Narod》의 편집진에 합류하면서, 라자니Lažany
             백작의 아들 프로코프 라잔스키Prokop Lažanský
             의 가정 교사 일을 시작. 그러나 머지않아 일
             을 그만두고 형 요세프와 함께《나로드니 리스
             티Národní listy》의 문화부 편집자로 취직함. 형제
             는 동시에 풍자 주간 잡지《네보이샤Nebojša》 창
             간에도 관여함.

1918년(28세) 미국 실용주의를 소개하는 『실용주의: 실용
             적 삶의 철학Pragmatismus čili Filosofie praktického
             života』, 『크라코노시의 정원Krakonošova zahrada』
             (요세프 차페크와 공저) 출간.

1919년(29세) 프랑스 시인 G. 아폴리네르의 시집 『변두리
             Zone』 번역 출간.

1920년(30세) 여배우이자 미래의 배우자가 될 올가 스헤인플
             룽고바Olga Scheinpflungova와 친분을 맺음. 우파
             《나로드니 리스티》의 정치적 노선에 반발, 차
             페크 형제를 비롯한 몇몇 편집자들이 자발적으
             로 집단 퇴사함. 차페크는 첫 주요 작품인 희곡
             「R.U.R(Rossumovi Universální Roboti)」 발표. 이 작
             품을 계기로 신조어 '로봇robot'이 세계적으로
             널리 쓰임. 이는 '농노의 강제 노동'을 뜻하는 로
             보타robota에서 착안해 만든 말로, 카렐이 아니
             라 형인 요세프가 만들어 낸 단어임. 카렐 차페
             크는 『옥스퍼드 영어 사전』의 어원 담당자에게
             짤막한 서신을 보내 요세프가 신조어를 만든 장

본인이라고 직접 보고함. 희곡 「강도Loupežník」
발표.

1921년(31세) 단편집 『고통스러운 이야기들Trapné povídky』 출
간. 요세프와 창작한 희곡 「곤충 희곡Ze života
hmyzu」 발표. 형제가 함께 좌익 언론이자 훗날
체코 최고의 유력 일간지로 성장하는 《리도베
노비니Lidové noviny》에서 훨씬 더 좋은 조건으
로 편집자 제안을 받음. 카렐 차페크는 극장 크
랄로프스케비노흐라디에서도 고문 겸 상주 극
작가로 일함. 장래의 배우자 올가는 이 극장에
서 연기자로 활동하고 있었음.

1922년(32세) 희곡 「사랑이라는 숙명적 게임Lásky hra osudná」
발표(요세프 차페크와 공저). 소설 『절대성의
공장Továrna na absolutno』, 『마크로풀로스의 비
밀Věc Makropulos』 출간. 당시의 체코 대통령 토
마시 가리구에 마사리크Tomáš Garrigue Masaryk
와 처음 만남. 차페크는 이내 마사리크와 친구
가 되었고, 훗날 마사리크를 인터뷰함. 작가와
애국적 정치가의 특별한 관계는 훗날 바츨라
프 하벨Václav Havel(체코의 대통령이자 극작가)
에게 영감을 줌. 한편 체코 국립극장의 배우 재
고용 사건에 항의하는 뜻으로 극장 고문직에서
사임할 의사를 표명하나 사태가 잘 해결됨. 새
로 이사한 차페크의 널찍한 아파트에서 금요일
마다 다양한 견해를 표방하는 지식인들이 회합
을 시작함. 빌라의 가든파티로 발전한 '금요 체
코 애국자 회합'은 차페크가 세상을 뜰 때까지

계속됨.

1923년(33세) 극장 고문직을 사임하고 지병인 척추 질병을 치료하기 위해 이탈리아로 여행을 떠남. 서한집 『이탈리아에서 보낸 편지들Italské listy』 출간.

1924년(34세) 모친 별세. 펜클럽 총회와 대영 제국 박람회 건으로 두 차례 영국을 방문. 대영 제국 박람회에서 현대 문명과 대량 생산 체제에 대한 우려를 표명함. 장편소설 『크라카티트Krakatit』, 서한집 『영국에서 보낸 편지들Anglické listy』 출간.

1925년(35세) 『연극은 어떻게 제작되는가Jak vzniká divadelní hra a průvodce zákulisím』 출간. 체코슬로바키아 펜클럽 결성을 위한 준비 회합을 창립함. 체코 대통령 관저인 프라하 궁으로 마사리크 대통령을 방문함. 2월 체코슬로바키아 펜클럽 회장으로 추대됨. 체코 과학아카데미의 회원 자격을 얻었으나 더 중요한 작가가 차지해야 할 자리라면서 곧 사임. 입체파 화가로 명망을 얻은 형 요세프와 함께 전국노동자정당에 가입해 의회 의석에 도전하지만 실패함. 정당 자체가 몇 년 후에 와해됨.

1926년(36세) 다양한 선언문 작성에 적극적으로 참여함. 슬로바키아 토폴치안키Topoľčianky의 대통령 별장에서 여름 휴가를 보냄. 신년 전야 파티에서 체코의 정치 상황을 풍자하는 연극을 상연함. 이로 인해 일부 언론의 미움을 삼.

1927년(37세) 펜클럽 회장직 사임 의사를 밝혔으나 회원들의 압력으로 유임. 일부 언론에서 차페크의 명성을

흠집 내고자 비방성 기사를 게재함. 차페크 측
에서는 명예훼손으로 언론사를 고소함. 작가협
회의 일원으로 파리 여행을 하는 도중 프랑스
지식인들과 친분을 쌓음. 형 요세프와 함께 연
극「창조자 아담Adam Stvořitel」으로 체코 내셔널
어워드 연극 부문 수상.

1928년(38세) 마사리크 대통령과의 인터뷰를 정리해 대담
집 1권『T. G. 마사리크와의 대화: 젊음의 시대
Hovory s T. G. Masarykem 1. díl Věk mladost』를 출
간. 깊이 있는 정치, 종교, 철학적 토의가 이어지
는 대화가 여러 편 실려 있음.

1929년(39세) 2부작 추리 소설『한쪽 호주머니 이야기
Povídky z jedné kapsy』,『다른 쪽 호주머니 이
야기Povídky z druhé kapsy』와 정원 가꾸기에
대한 에세이『정원 가꾸는 사람의 열두 달
Zahradníkův rok』출간. 2년 전 차페크가 고소한
언론사 편집자에게 보상금을 지급하고 정정
보도를 하라는 판결이 내려짐. 4월 부친 별세.
10월 올가와 함께 스페인을 여행함.

1930년(40세) 여행기『스페인 여행Výlet do Španěl』출간. 체코
국립극장 상임 위원으로 추대됨.

1931년(41세) UN의 전신인 국제연맹의 문학예술위원회 위
원으로 추대됨. 체코 펜클럽 회장에 재선됨. 동
화『아홉 편의 동화: 그리고 또 하나의 이야기
Devatero pohádek a ještě jedna od Josefa Čapka jako
přívažek』,『마르시아스: 혹은 문학의 언저리에서
Marsyas čili na okraj literatury』, 마사리크 대통

령과의 인터뷰 2권인 『T. G. 마사리크와의 대화: 인고의 세월Hovory s T. G. Masarykem 2. díl Život a práce』 출간.

1932년(42세) 여행기 『네덜란드 풍경Obrázky z Holandska』 출간. 출판사 아벤티움을 떠나 관록 있는 출판사 프란티셰크보로니로 이적. 이 출판사에 거액을 투자함.

1933년(43세) 동화 『다셴카: 어느 강아지의 일대기Dášenka čili život štěněte』와 소설 『호르두발Hordubal』 출간. 문화지에서 비평의 본질과 기능에 대한 열띤 논쟁을 주도함. 펜클럽 회장직에서 물러남.

1934년(44세) 『호르두발』과 더불어 소설 3부작에 해당하는 『별똥별Povětroň』, 『평범한 인생Obyčejný život』, 마사리크 대통령과의 인터뷰 3권인 『T. G. 마사리크와 함께 침묵하기Hovory s T. G. Masarykem 3. díl Myšlení a život』 출간. 경제 위기로 고통받는 어린이들을 위한 서명 운동과 조직적인 나치스 선동에 반대하는 서명 운동을 주도함.

1935년(45세) 세계 펜클럽 상임 회장 허버트 조지 웰스가 차페크를 세계 펜클럽 회장 후보로 추대하나 차페크는 거절함. 올가와 결혼.

1936년(46세) 소설 『도롱뇽과의 전쟁Válka s mloky』 출간. 부다페스트에서 열린 국제연맹 주최 심포지엄에 참가함. 아내와 함께 덴마크, 노르웨이, 스웨덴을 여행한 후 『북유럽 여행기Cesta na Sever』 출간. 『프랑스 시 선집Francouzská poezie』을 번역함. 노르웨이 언론이 차페크를 노벨 문학상 주요 후보로 낙점함.

1937년(47세)	희곡 「하얀 흑사병Bílá nemoc」, 소설 『최초의 구조대Prvni parta』 출간. 새 대통령으로 취임한 에드바르트 베네시를 방문함. 파리 펜클럽 총회에 특별 초대 손님으로 참가함. 10월 서거한 전 대통령 마사리크의 장례식에 참석함.
1938년(48세)	희곡 「어머니Matka」 발표. 히틀러 치하 나치스의 급속한 세력 확장과 오스트리아 점령으로 국제 정세가 격동함. 프랑스와 영국 등 강대국들이 개입한 뮌헨 조약으로 체코 국경 지대가 독일령이 됨. 독일은 국경 지대에 만족하지 않고 1939년 끝내 체코를 침략하고 폴란드로 진군하여 2차 세계 대전이 발발함. 1938년 차페크는 체코의 국민적 자구 노력의 구심점에 서서 동맹국들을 설득하려 최선을 다함. 프라하 세계펜클럽 총회에서 독일의 임박한 침략을 경고하고 체코슬로바키아 작가들의 탄원서를 작성했고, 9월에는 프랑스와 영국의 방관으로 일어난 사태를 국민들에게 설명하는 정부 성명을 작성했으며, 세계의 양심을 촉구하는 체코 작가 성명서를 집필함. 암울한 전망이 드리우던 11월 영국 망명 제안이 들어오지만, 나치스 점령 후 누구보다 먼저 체포될 줄 알면서도(게슈타포가 '공공의 적'으로 지목함.) 체코에 머무름. 1938년 12월 25일 저녁 인플루엔자 합병증으로 사망함. 비셰흐라트 공동묘지에 묻힘. 평생의 동지였던 형 요세프 차페크는 베르겐벨젠 강제 수용

소로 끌려가 1945년 4월 사망.

이하는 사후 미로슬라프 할리크 Miroslav Halík라는 가명으로 출간
된 작품들의 목록이다.

1939년	『속임수 Život a dílo skladatele Foltýna』(미완성)
	『개를 키웠다 그리고 고양이도 Měl jsem psa a kočku』
1940년	『달력 Kalendář』, 『사람들로부터 O lidech』
1945년	『출처가 불분명한 이야기들 Kniha apokryfů』
1946년	『우화 포드포비드키 Bajky a podpovídky』
	『정열의 춤 Vzrušené tance』
1947년	『봄과 다프네 Ratolest a vavřín』
1953년	『집에서 찍은 사진 Obrázky z domova』
1957년	『우리에 관한 것들 Věci kolem nás』
	『청년기 Juvenilie』
	『수도원의 기둥 Sloupkový ambit』
1959년	『생성에 관한 의견 Poznámky o tvorbě』
1966년	『해안의 나날들 Na břehu dnů』
1968년	『극장과 그의 적 Divadelníkem proti své vůli』
1969년	『TGM을 읽는다 Čtení o TGM』
	『감금된 단어 V zajetí slov』
1970년	『요나단의 땅 Místo pro Jonathana』
	『푸들렌카 Pudlenka』
1974년	『Listy Olze』
1975년	『테이블 아래서 부서지는 시간 Drobty pod stolem doby』

옮긴이
김선형

서울대학교 영어영문학과를 졸업하고 같은 대학원에서 박사학위를 받았다. 2010년 유영번역상을 받았다. 옮긴 책으로 『도롱뇽과의 전쟁』, 『은하수를 여행하는 히치하이커를 위한 안내서』, 『시녀 이야기』, 『증언들』 등이 있다.

개를 키웠다   1판 1쇄 찍음 2021년 12월 3일
그리고 고양이도   1판 1쇄 펴냄 2021년 12월 10일

지은이 카렐 차페크
옮긴이 김선형
발행인 박근섭, 박상준
펴낸곳 (주)민음사

출판등록 1966. 5. 19. 제16-490호
서울특별시 강남구 도산대로1길 62(신사동)
강남출판문화센터 5층 06027
대표전화 02-515-2000 팩시밀리 02-515-2007
www.minumsa.com

ISBN 978 89 374 2980 4 04800
ISBN 978 89 374 2900 2 (세트)

* 잘못 만들어진 책은 구입처에서 교환해 드립니다.